紅樓夢第六十一回

投鼠忌器寶玉瞞贓　判冤決獄平兒行權

話說那柳家的聽了這小么兒一夕話笑道好猴兒崽子你親嬸子找野老兒去了你不多得一個叔叔嗎有什麼疑的別叫我把你頭上的楊子蓋揪下來還不開門讓我進去呢那小厮且不推門又拉着笑道好嬸子你這一進去好歹偷幾個杏兒出來賞我吃我這裏老等你要忘了日後半夜三更打酒買油的我不給你老人家開門也不答應你隨你乾叫去柳氏啐道發了昏的今年還比往年把這些東西都分給了眾媽媽了一個個的不像抓破了臉的人打樹底下一過兩眼就像那黧雞

是的還動他的菓子可是你舅母姨娘兩三個親戚都管着怎麼不和他們要倒和我來要這可是倉老鼠問老鴰去借糧守着的沒有飛着的倒有小厮笑道噯喲沒有罷了說上這些閒話我看你老人家從今已後就用不着我了就是姐姐有了好地方兒將來呼喚我們的日子多着呢只要我們多答應他些就有了柳氏聽了笑道你這個小猴兒精又搗鬼了你姐姐有什麼好地方兒那小厮笑道不用哄我了早已知道了單是你們有內纏難道我們就沒有內纏不成我雖在這裏聽差裏頭却也有兩個姐姐成個體統的什麼事瞞的過我正說着只聽門內又有老婆子向外叫小猴兒快傳你柳嬸子去罷再不來

司就悞了柳家的聽了不顧和那小厮說話忙推門進去笑說不必忙我来了一面來至厨房雖有幾個同伴的人他們都不敢自專单等他來調停分派一面問衆人五丫頭那裡去了衆人都說纔往茶房裡找我們姐妹去了柳家的聽了便將茯苓霜擱起且按着房頭分派菜饌忽見迎春房裡小丫頭蓮花兒走來說司棋姐姐說要碗鷄蛋頓的嫩嫩的柳家的道就是這一樣尊貴不知怎麽今年鷄蛋短的狠十個錢一個還找不出來昨日上頭給親戚家送粥米去四五個買辦出去好容易纔湊了三千個來我那裡找去你說給他改日吃罷蓮花兒道前日要吃荳腐你弄了些餿的叫他說了我一頓今日要雞蛋

又没有了什麽好東西我就不信連鷄蛋都没有了别叫我翻出來一面說一面真個走来揭起菜箱一看只見裡面果有十來個鷄蛋說道這不是你這麽利害吃的是主子分給我們的分例你們為什麽心疼又不是你下的蛋怕人吃了柳家的忙丢了手裡的活計便上來說道你少满嘴裡混唚你媽纔下蛋呢通共留下這幾個預備菜上的飄馬兒姑娘們不要還不肯做上去呢預備遇急兒的你們吃了倘或一聲要起來没有好的連鷄蛋都没了你們深宅大院水來伸手飯來張口只知雞蛋是平常東西那裡知道外頭買賣的行市呢别說這個有一年連草棍子還没了的日子還有呢我勸他們細米白飯每日

肥鷄大鴨子將就些兒也罷了吃膩了腸子天天又鬧起故事來了鷄蛋豆腐又是什麽麵筋醬蘿蔔炸兒敢自倒換口味只是我又不是答應你們的一處要一樣就是十來樣我倒不用伺候頭層主子只預備你們二層主子了蓮花兒聽了便紅了臉喊道誰天天要你什麽來你說這麽兩車子話叫你來不是爲便宜是爲什麽前日春燕來說晴雯姐姐要吃蒿子稈兒你怎麽忙著還問肉炒鷄炒春燕說葷的不好另叫你炒個麵筋兒少擱油纔好你忙著就說自巳發昏赶著洗手炒了狗顛屁股兒是的親自捧了去今兒反倒拿我作筏子說我給衆人聽柳家的忙道阿彌陀佛這些人眼見的別說前日一次就從舊年以來那屋裡偶然間不論姑娘姐兒們要添一樣半樣誰不是先拿了錢來另買另添有的沒的名聲好聽筭着連姑娘帶姐兒們四五十人一日也只管要兩隻鷄兩隻鴨子一二十斤肉一吊錢的菜蔬你們筭筭穀做什麽的連本項兩頓飯還撐持不住還擱得住這個點這樣那個點那樣買來的又不吃又要別的去旣這樣不如回了太太多添些分例也像大厨房裡預備老太太的飯把天下所有的菜蔬用水牌寫了天天轉着吃到一個月現筭倒好連前日三姑娘和寶姑娘偶然商量了要吃個油鹽炒荳芽兒來現打發個姐兒拿着五百錢給我我倒笑起來了說二位姑娘就是大肚子彌勒佛也吃不了五百

錢的這二三十個錢的事還備得起趕著我送回錢去到底不收說賞我打酒吃又說如今厨房在裡頭保不住屋裡的人不去叨蹬一鹽一醬那不是錢買的你不給又不好給了你又沒的賠你拿著這個錢權當還了他們素日叨蹬的東西窩兒這就是明白體下的姑娘我們心裡只替他念佛沒的趙姨奶奶聽了又氣不忿反說太便宜了我隔不了十天也打發個小丫頭子來尋這樣尋那樣我倒好笑起來你們竟成了例不是這個就是那個我那裡有這些賠的正亂時只見司棋又打發人來催蓮花兒說他死在這裡怎麼就不回去蓮花兒賭氣回來便添了一篇話告訴了司棋司棋聽了不免心頭起火此刻伺

候迎春飯罷帶了小丫頭們走來見了許多人正吃飯見他來得勢頭不好都忙起身陪笑讓坐司棋便喝命小丫頭子動手凡箱櫃所有的菜蔬只管扔出去餵狗大家賺不成小丫頭子們巴不得一聲七手八脚搶上去一頓亂翻亂擲慌的眾人一面拉勸一面央告司棋說姑娘別悞聽了小孩子的話柳嫂子有八個腦袋也不敢得罪姑娘說雞蛋難買是真我們纔也說他不知好歹憑是什麼東西也少不得變法兒去他已經悟過來了連忙蒸上了姑娘不信瞧那火上司棋被眾人一頓好言語方將氣勸得漸平了小丫頭子們也沒得摔完東西便拉開了司棋連說帶罵鬧了一回方被眾人勸去柳家的只好摔碗

丟盤自巳咕唧了一回蒸了一碗雞蛋令人送去司棋全潑了地下那人回來也不敢說恐又生事柳家的打發他女兒喝了一碗湯吃了半碗粥又將茯苓霜一節說了五兒聽罷便心下要分些贈芳官遂用紙另包了一半趂黃昏人稀之時自巳花遮柳隱的來找芳官且喜無人盤問一逕到了怡紅院門首不好進去只在一簇玫瑰花前站立遠遠的望着有一盞茶時候可巧春燕出來忙上前叫住春燕不知是那一個到跟前方看真切因問做什麽五兒笑道你叫出芳官來我和他說話春燕悄笑道姐姐太性急了橫竪等十來日就來了只管找他做什麽方纔使了他往前頭去了你且等他一等不然有什麽話告

訴我等我告訴他恐怕你等不得只怕關了園門五兒便將茯苓霜遞給春燕又說這是茯苓霜如何吃如何補益我得了些送他的轉煩你遞給他就是了說畢便走回來正走蓼溆一帶忽迎見林之孝家的帶着幾個婆子走來五兒藏躲不及只得上來問好林家的問道我聽見你病了怎麽跑到這裏來五兒陪笑說道因這兩日好些跟我媽進來散散悶纔因我媽使我到怡紅院送傢伙去林之孝家的說道這話岔了方纔我見你媽出去我纔關門既是你媽使了你去他如何不告訴我說你在這裏呢竟出去讓我關門什麽意思可是你撒謊五兒聽了沒話回答只說原是我媽一早教我去取的我忘了挨到這時

我纔想起來了只怕我媽錯認我先去了所以没和大娘説林之孝家的聽他詞鈍意虛又因近日玉釧兒説那邊正房内失落了東西幾個丫頭對賴没主兒心下便起了疑可巧小蟬蓮花兒和幾個媳婦子走來見了這事便説道林奶奶倒要審審他這兩日他往這裡頭跑的不像鬼鬼祟祟的不知幹些什麽事小蟬又道正是昨日玉釧兒姐姐説太太耳房裡的櫃子開了少了好些零碎東西璉二奶奶打發平姑娘和玉釧兒姐姐要些玫瑰露誰知也少了一罐子不是找還不知道呢蓮花兒笑道這我没聽見今日我倒看見一個露瓶子林之孝家的正因這事没主兒每日鳳姐兒使平兒催逼他一聽此言忙問在

那裡蓮花兒便説在他們厨房裡呢林之孝家的聽了忙命打了燈籠帶著衆人來尋五兒急的便説那原是寶二爺屋裡的芳官給我的林之孝家的便説不管你方官圓官現有贓証我只呈報了憑你主子前辯去一面説一面進入厨房蓮花兒帶着取出露瓶恐還偷有别物又細細搜了一遍又得了一包茯苓霜一並拿了帶了五兒來回李紈與探春那時李紈正因蘭兒病了不理事務只命去見探春探春已歸房人回進去丫鬟們都在院内納凉探春在内盥沐只有侍書回進去半日出來説姑娘知道了叫你們找平兒回二奶奶去林之孝家的只得領出來到鳳姐那邊先找着平兒進去回了鳳姐鳳姐方纔睡

下聽見此事便吩咐將他娘打四十板子攆出去永不許進二門把五兒打四十板子立刻交給庄子上或賣或配人平兒聽了出來依言吩咐了林之孝家的五兒嚇得哭哭啼啼給平兒跪著細訴芳官之事平兒道這也不難等明日問了芳官便知真假但這茯苓霜前日人送了來還等老太太太太回來看了纔敢打動這不該偷了去五兒見問忙又將他舅舅送的一節說出來平兒聽了笑道這樣說你竟是個平白無辜的人了拿你來頂缸的此時天晚奶奶纔進了藥歇下不便爲這點子小事去絮叨如今且將他交給上夜的人看守一夜等明日我回了奶奶再作道理林之孝家的不敢違拗只得帶出來交給上

夜的媳婦們看守著自己便去了這裏五兒被人軟禁起來一步不敢多走又兼衆媳婦也有勸他說不該做這沒行止的事也有抱怨說正經更還坐不上來又弄個賊來給我們看守倘或眼不見尋了死或逃走了都是我們的不是又有素日一干與柳家不睦的人見了這般十分趁願都來奚落嘲戲他這五兒心內又氣又委屈竟無處可訴且本來怯弱有病這一夜思茶無茶思水無水思睡無衾枕嗚嗚咽咽直哭了一夜誰知和他母女不和的那些人巴不得一時就攆他出門去生恐次日有變大家先起了個清早都悄悄的來買轉平兒送了些東西一面又奉承他辦事簡斷一面又講述他母親素日許多不好

處平兒一一的都應着打發他們去了却悄悄的來訪襲人問他可果真芳官給他玫瑰露了襲人便說露却是給了芳官芳官轉給何人我却不知襲人於是又問芳官芳官聽了唬了一跳忙應是自巳送他的芳官便又告訴了寶玉寶玉也慌了說露雖有了若勾起茯苓霜來他自然也實供若聽見了是他舅舅門上得的他舅舅又有了不是豈不是人家的好意反被偺們陷害了因忙和平兒計議露的事雖完了然這霜也是有不是的好姐姐你只叫他也說是芳官給的就完了平兒笑道雖如此只是他昨晚巳經同人說是他舅舅給的了如何又說你給的况且那邊所丢的霜正沒主兒如今有贓証的白放了又

去找誰誰還肯認衆人也未必心服晴雯走來笑道太太那邊的露再無別人分明是彩雲偷了給環哥兒去了你們可瞎亂說平兒笑道誰不知這個原故這會子玉釧兒急的哭悄悄問他他要應了玉釧兒也罷了大家也就混着不問了誰好意攬這事呢可恨彩雲不但不應他還擠玉釧兒說他偷了去了兩個人窩裡炮先吵的合府都知道了我們怎麽裝沒事人呢少不得要查的除不知告失盜的就是賊又沒贓証怎麽說他寶玉道也罷這件事我也應起來就說原是我要嚇他們頑悄悄的偷了太太的來了兩件事就都完了襲人道也倒是一件陰隲事保全人的賊名兒只是太太聽見了又說你小孩子氣不

卻好又了平兒笑道也倒是小事如今就打趙姨娘屋裡起了
贓來也容易我只怕又傷着一個好人的體面別人都不必管
只這一個人豈不又生氣我可憐的是他不肯爲打老鼠傷了
玉瓶兒說着把三個指頭一伸襲人等聽說便知他說的是探
春大家都忙說可是這話竟是我們這裡應起來的爲是平兒
又笑道也須得把彩雲和玉釧兒兩個孽障叫了來問准了他
方好不然他們得了意不說爲這個倒像我沒有本事問不出
來就是這裡完事他們已後越發偷的偷不管的不管了襲人
等笑道正是也要你留個地步平兒便命一個人叫了他兩個
來說道不用慌賊已有了玉釧兒先問賊在那裡平兒道現在

二奶奶屋裡呢問他什麼應什麼我心裡明白知道不是他偷
的可憐他害怕都承認了這裡寶二爺不過意要替他認一半
我要說出來呢但只是這做賊的素日又是和我好的一個姊
妹窩主却是平常裡面又傷了一個好人的體面因此爲難少
不得央求寶二爺應了大家無事如今反要問你們兩個還是
怎麼樣要從此已後大家小心存體面呢就求寶二爺應了要
不然我就回了二奶奶別冤屈了人彩雲聽了不覺紅了臉一
時羞惡之心感發便說道姐姐放心也不用冤屈好人我說了
罷傷體面偷東西原是趙姨奶奶央及我再三我拿了些給環
哥兒是情眞連太太在家我們還拿過各人去送人也是常有

的我原說說過兩天就完了如今既寃屈了人我心裡也不忍
如姐竟帶了我回奶奶去一槩應了完事衆人聽了這話一個
個都詫異他竟這樣有肝膽寶玉忙笑道彩雲姐姐果然是個
正經人如今也不用你應我只說我悄悄的偷的嚇你們頑如
今鬧出事來我原該承認我只求姐姐們已後省些事大家就
好了彩雲道我幹的事為什麼叫你應死活我該去受平兒襲
人忙道不是這麼說你一應了未免又叨登出趙姨奶奶來那
時三姑娘聽見豈不又生氣竟不如寶二爺應了大家没事且
除了這幾個人都不知道這麼何等的干净但只已後千萬大
家小心些就是了要拿什麼好歹等太太到家那怕連房子給

了人我們就没干係了彩雲聽了低頭想了想只得依允於是
大家商議妥貼平兒帶了他兩個並芳官來至上夜房中叫了
五兒將茯苓霜一節也悄悄的教他說係芳官給的五兒感謝
不盡平兒帶他們來至自已這邊已見林之孝家的帶領了幾
個媳婦押解着柳家的等彀多時了林之孝家的又向平兒說
今日一早押了他來怕園裡没有人伺候早飯我暫且將秦顯
的女人派了去伺候姑娘們的飯呢平兒道秦顯的女人是誰
我不大相熟啊林之孝家的道他是園裡南角子上夜的白日
裡没什麼事所以姑娘不認識高高兒的孤拐大大的眼睛最
干净爽利的玉釧兒道是了姐姐你怎麼忘了他是跟三姑娘

的司棋的嬸子司棋的父親雖是大老爺那邊的人他這叔叔却是偺們這邊的平兒聽了方想起來笑道哦你早說是他我就明白了又笑道也太派急了些如今這事八下裡水落石出了連前日太太屋裡丟的也有了主兒是寶玉那日過來和這兩個孽障不知道要什麼來着偏這兩個孽障慪他頑說太太不在家不敢拿寶玉便瞅着他們不隄防自已進去拿了些個什麼出來這兩個孽障不知道就嚇慌了如今寶玉聽見帶累了別人方細細的告訴了我拿出東西来我瞧一件不差那茯苓霜也是寶玉外頭得了的也曾賞過許多人不獨園內人有連媽媽子們討了出去給親戚們吃又轉送人襲人也曾給過芳官一流的人他們私情各自來往也是常事前日那兩婆還擺在議事廳上好好的原封沒動怎麼就混賴起人來等我回了奶奶再說說畢抽身進了臥房將此事照前言回了鳳姐兒一遍鳳姐兒道雖如此說但寶玉爲人不管青紅皂白愛兜攬事情別人再求求他去他又擱不住人兩句好話給他個炭簍子帶上什麼事他不應承偺們若信了將來若大事也如此如何治人還要細細的追求纔是依我的主意把太太屋裡的丫頭都拿來雖不便擅加拷打只叫他們墊著磁瓦子跪在太陽地下茶飯也不用給他們吃一日不說跪一日就是鐵打的一日也管招了又道蒼蠅不抱沒縫兒的鷄蛋雖然這柳家的沒

偷到底有些影兒人纔說他雖不加賊刑也革出不用朝廷原有罣誤的到底不算委屈了他平兒道何苦來操這心得放手時須放手什麼大不了的事樂得施恩呢依我說總在這屋裡操上一百分心終久是同那邊屋裡去的沒的結些小人的仇恨使人含恨抱怨況且自已又三災八難的好容易懷了一個哥兒到了六七個月還掉了焉知不是素日操勞太過氣惱傷着的如今趂早兒見一半不見一半的也倒罷了一夕話說的鳳姐兒倒笑了道隨你們罷沒的慪氣平兒笑道這不是正經話說畢轉身出來一一發放要知端底下回分解

紅樓夢第六十一回終

紅樓夢第六十二回

憨湘雲醉眠芍藥裀　獃香菱情解石榴裙

話說平兒出來吩咐林之孝家的道大事化爲小事小事化爲沒事方是興旺之家要是一點子小事便揚鈴打鼓亂折騰起來不成道理如今將他母女帶回照舊去當差將秦顯家的仍舊追回再不必提此事只是每日小心巡察要緊說畢起身走了柳家的母女忙向上磕頭林家的就帶回園中回了李紈探春二人都說知道了寧可無事狠好司棋等人空興頭了一陣那秦顯家的好容易等了這個空子鑽了来只興頭了半天在廚房內正亂着收傢伙米糧煤炭等物又查出許多虧空來說

粳米短了兩擔長用米又多支了一個月的炭也欠着額數一面又打點送林之孝的禮悄悄的備了一簍炭一擔粳米在外邊就遣人送到林家去了又打點送賬房兒的禮又備幾樣菜蔬請幾位同事的人說我來了全仗你們列位扶持自今以後都是一家人了我有照顧不到的好歹大家照顧些正亂着忽有人來說你看完了這一頓早飯就出去罷柳嫂兒原無事如今還交給他管了秦顯家的聽了轟去了魂魄垂頭喪氣登時掩旗息鼓捲包而去送人之物白白去了許多自己倒要折變了賠補虧空連司棋都氣了個直眉瞪眼無計挽回只得罷了趙姨娘正因彩雲私贈了許多東西被玉釧兒吵出生恐查問

出來每日捏着一把汗偷偷的打聽信兒忽見彩雲來告訴說都是寶玉應了從此無事趙姨娘方把心放下來誰知賈環聽如此說便起了疑心將彩雲凡私贈之物都拿出來了照着彩雲臉上摔了來說你這兩面三刀的東西我不希罕你不和寶玉好他怎麽肯替你應你既有担當給了我原該不叫一個人知道如今你既然告訴了他我再要這個也没趣兒彩雲見如此急的賭咒起誓至於哭了百般解說賈環執意不信說不看你素日我索性去告訴二嫂子就說你偷來給我我不敢要你細想去罷說畢摔手出去了急的趙姨娘駡没造化的種子這是怎麽說氣的彩雲哭了個淚乾腸斷趙姨娘百般的安慰他

好孩子他辜負了你的心我横竖看的真我收起來過兩日他自然回轉過來了說着便要收東西彩雲賭氣一頓捲包起來趁人不見來至園中都撒在河内順水沉的沉漂的漂了自已氣的夜裡在被内暗哭了一夜當下又值寶玉生日已到原來寶琴也是這日二人相同王夫人不在家也不曾像往年熱鬧只有張道士送了四樣禮換的寄名符兒還有幾處僧尼廟的和尚姑子送了供尖兒並壽星紙馬疏頭並本宫星官值年太歲週歲換的鎖家中常走的男女先一日來上壽王子騰那邊仍是一套衣服一雙鞋襪一百壽桃一百束上用銀絲掛麪薛姨媽處減一半其餘家中尤氏仍是一雙鞋襪鳳姐兒是一個

宮製四面扣合堆繡荷包裝一個金壽星一件波斯國的玩器
各廟中遣人去放堂捨錢又另有寶琴之禮不能備述姐妹中
皆隨便或有一扇的或有一字的或有一畫的或有一詩的聊
為應景而已這日寶玉清晨起來梳洗已畢便冠帶了來至前
廳院中已有李貴等四個人在那裡設下天地香燭寶玉炷了
香行了禮奠茶燒紙後便至寧府中宗祠祖先堂兩處行畢了
禮出至月臺上又朝上遙拜過賈母賈政王夫人等一順到尤
氏上房行過禮坐了一回方回榮府先至薛姨媽處再三拉著
然後又見過薛蝌讓一回方進園來晴雯麝月二人跟隨小丫
頭夾着毡子從李氏起一一挨着比自已長的房中到過復出

二門至四個奶媽家讓了一回方進來雖衆人要行禮也不曾
受此至房中襲人等只都來說一聲就是了王夫人有言不令
年輕人受禮恐折了福壽故此皆不磕頭一時賈環賈蘭來了
襲人連忙拉住坐了一坐便去了寶玉笑道走乏了便歪在床
上方吃了半盞茶只聽外頭咭咭呱呱一羣丫頭笑着進來原
來是翠墨小螺翠縷入畫邢岫烟的丫頭篆兒並奶子抱着巧
姐兒彩鸞繡鸞八九個人都抱著紅毡子來了笑說道拜壽的
擠破了門了快拿麵來我們吃剛進來時探春湘雲寶琴岫烟
惜春也都來了寶玉忙迎出來笑說不敢起動快預備好茶進
入房中不免推讓一回大家歸坐襲人等捧過茶來纔吃了一

口平兒也打扮的花枝招展的來了寶玉忙迎出來笑說我方纔到鳳姐姐門上回進去說不能見我我又打發進去讓姐姐來着平兒笑道我正打發你姐姐梳頭不得出來聞你後來聽見又說讓我我那裡禁當的起所以特給二爺來嗑頭寶玉笑道我也禁當不起襲人早在門傍安了坐讓他坐平兒便拜下去寶玉作揖不迭平兒又跪下去寶玉也忙還跪下襲人連忙攙起來又拜了一拜寶玉又還了一揖襲人笑推寶玉你再作揖寶玉道已經完了怎麼又作揖襲人笑道這是他來給你拜壽今日也是他的生日你也該給他拜壽寶玉喜的忙作揖笑道原來今日也是姐姐的好日子平兒赶着也還了禮湘雲拉

寶琴岫烟說你們四個人對拜壽直拜一天纔是探春忙問原來邢妹妹也是今日我怎麼就忘了忙命丫頭去告訴二奶奶赶着補了一分禮和琴姑娘的一樣送到二姑娘屋裡去丫頭答應著去了岫烟見湘雲直口說出來少不得要到各房去讓讓探春笑道倒有些意思一年十二個月月月有幾個生日人多了就這樣巧也有三個一日的兩個一日的大年初一也不白過大姐姐占了去怨不得他福大生日比別人都占先又是太祖太爺的生日冥壽過了燈節就是大太太和寶姐姐他們娘兒兩個遇的巧三月初一是太太的初九是璉二哥哥二月沒人襲人道二月十二是林姑娘怎麼沒人只不是咱們家的

探春笑道你看我這個記性兒寶玉笑指襲人道他和林妹妹是一日他所以記得探春笑道原來你兩個倒是一日每年連頭也不給我們磕一個平兒的生日我們也不知道這也是纔知道的平兒笑道我們是那牌兒名上的人生日也沒拜壽的福又沒受禮的職分可吵嚷什麽可不悄悄兒的就過去了嗎今日他又偏吵出來了等姑娘回房我再行禮去罷探春笑道也不敢驚動只是今日倒要替你作個生日我心裡纔過的去寶玉湘雲等一齊都說狠是探春便吩咐了丫頭去告訴他奶奶說我們大家說了今日一天不放平兒出去我們也大家湊了分子過生日呢丫頭笑着去了半日回來說二奶奶說了多

謝姑娘們給他臉不知過生日給他些什麽吃只別忘了二奶奶就不來絮聒他了衆人都笑了探春因說道可巧今日裡頭廚房不預備飯一應下麪弄菜都是外頭收拾偺們就湊了錢叫柳家的來領了去只在偺們裡頭收拾倒好衆人都說狠好探春一面遣人去請李紈寶釵黛玉一面遣人去傳柳家的進來吩咐他內廚房中快收拾兩棹酒席柳家的不知何意因說外廚房都預備了探春笑道你原來不知道今日是平姑娘的好日子外頭預備的是上頭的這如今我們私下又湊了分子单爲平姑娘預備兩棹請他你只管揀新巧的菜蔬預備了來開了賬我那裡領錢柳家的笑道今日又是平姑娘的千秋我

們竟不知道說著便給平兒磕頭慌得平兒拉起他來柳家的忙去預備酒席這裡探春又邀了寶玉同到廳上去吃麵等到李紈寶釵一齊來全又遣人去請薛姨媽和黛玉因天氣和暖黛玉之疾漸愈故也來了花團錦簇擠了一廳的人誰知薛蝌又送了巾扇香帛四色壽禮給寶玉寶玉於是過去陪他吃麵兩家皆辦了壽酒互相酬送彼此同領至午間寶玉又陪薛蝌吃了兩杯酒寶釵帶了寶琴過來給薛蝌行禮把盞畢寶釵因囑咐薛蝌家裡的酒也不用送過那邊去這虛套竟收了你只請夥計們吃罷我們和寶兄弟進去還要待人去呢也不能陪你了薛蝌忙說姐姐兄弟只管請只怕夥計們也就好來了寶

玉忙又告過罪方同他姊妹回來一進角門寶釵便命婆子將門鎖上把鑰匙要了自己拿著寶玉忙說這一道門何必關又沒多的人走况且姨娘姐姐妹妹都在裡頭倘或要家去取什麼豈不費事寶釵笑道小心沒過逾的你們那邊這幾日七事八事竟沒有我們這邊的人可知是這門關的有功効了要是開着保不住那起人圖順腳走近路從這裡走攔誰的是不如鎖了連媽媽和我也禁著些大家別走總有了事也就賴不着這邊的人了寶玉笑道原來姐姐也知道我們那邊近日丟了東西寶釵笑道你只知道玫瑰露和茯苓霜兩件乃因人而及物要不是裡頭有人你連這兩件還不知道呢殊不知還有幾

件比這兩件大的呢若以後叨登不出來是大家的造化若叨登出來了不知裡頭連累多少人呢你也是不管事的人我纔告訴你平兒是個明白人我前日也告訴了他皆因他奶奶不在外頭所以使他明白了若不犯出來大家落得丟開手若犯出來他心裡已有了稿兒自有頭緒就冤屈不着平人了你只聽我說已後留神小心就是了這話也不可告訴第二個人說着來到沁芳亭邊只見襲人香菱侍書晴雯麝月芳官蕊官藕官十來個人都在那裡看魚頑呢見他們來了都說芍藥欄裡預備下了快去上席罷寶釵等隨攜了他們同到芍藥欄中紅香圃三間小敞廳內連尤氏已請過來了諸人都在那裡只沒

平兒原來平兒出去有賴林諸家送了禮來連三接四上中下三等家人拜壽送禮的不少平兒忙着打發賞錢道謝一面又色色的回明了鳳姐兒不過留下幾樣也有不受的也有受下即刻賞給人的忙了一回又直等鳳姐兒吃過麵方換了衣裳往園裡來剛進了園就有幾個丫鬟來找他一同到了紅香圃中只見筵開玳瑁褥設芙蓉眾人都笑說壽星全了上面四坐定要讓他們四個人坐四人皆不肯薛姨媽說我老天拔地不合你們的羣兒我倒拘的慌不如我到廳上隨便躺躺去倒好我又吃不下什麼去又不大吃酒這裡讓他們倒便宜尤氏等執意不從寶釵道這也罷了倒是讓媽媽在廳上歪着自如些

有愛吃的送些過去倒還自在且前頭没人在那裡又可照看了探春笑道既這樣恭敬不如從命因大家送到議事廳上眼看着命小丫頭們鋪了一個錦褥並靠背引枕之類又囑咐好生給姨太太搥腿要茶要水別推三拉四的回來送了東西來姨太太吃了賞你們吃只別離了這裡小丫頭子們都答應了探春等方回來終久讓寶琴岫烟二人在上平兒面西坐寶玉面東坐探春又接了鴛鴦來二人並肩對面相陪西邊一桌寶釵黛玉湘雲迎春惜春依序一面又拉了香菱玉釧兒二人打横三桌上尤氏李紈又拉了襲人彩雲陪坐四桌上便是紫鵑鶯兒晴雯小螺司棋等人圍坐當下探春等還要把盞寶琴等四人都說這一鬧一日也坐不成了方纔罷了兩個女先兒要彈詞上壽衆人都說我們這裡没人聽那些野話你廳上去說給姨太太解悶兒去罷一面又將各色吃食揀了命人送給薛姨媽去寶玉便說雅坐無趣須要行令纔好衆人中有說行這個令好的又有說行那個令纔好的黛玉道依我說拿了筆硯將各色令都寫了拈成鬮兒咱們抓出那個來就是那個衆人都道妙極即命拿了一副筆硯花箋香菱近日學了詩又天天學寫字見了筆硯便巴不得連忙起來說我寫衆人想了一回共得十來個念着香菱一一寫了搓成鬮兒擲在一個瓶中探春便命平兒拈平兒向內攪了一攪用筯夾了一個出來打開

一看上寫着射覆二字寶釵笑道把個令祖宗拈出來了射覆
從古有的如今失了傳這是後纂的比一切的令都難這裏頭
倒有一半是不會的不如毁了另拈一個雅俗共賞的探春笑
道既拈了出來如何再毁如今再拈一個若是雅俗共賞的便
叫他們行去偺們行這一個說着又叫襲人拈了一個却是拇
戰湘雲先笑着說道這個簡斷爽利合了我的脾氣我不行這個
射覆沒的垂頭喪氣悶人我只猜拳去了探春道惟有他亂令
寶姐姐快罸他一鍾寶釵不容分說灌了湘雲一杯探春道
我吃一杯我是令官也不用宣只聽我分派取了骰子令盆來
從琴妹妹擲起挨着擲下去對了點的二人射覆寶琴一擲是

個三岫烟寶玉等皆擲的不對直到香菱方擲了個三寶琴笑
道只好室內生春若說到外頭去可太沒頭緒了探春道自然
三次不中者罰一杯你覆他射寶琴想了一想說了個老字香
菱原生於這令一時想不到滿室滿席都不見有與老字相連
的成語湘雲先聽了便也亂看忽見門斗上貼着紅香圃三個
字便知寶琴覆的是吾不如老圃的圃字見香菱射不着衆人
擊鼓又催便悄悄的拉香菱教他說藥字黛玉偏看見了說快
罰他又在那裏傳遞呢鬧得衆人都知道了忙又罰了一杯恨
的湘雲拿快子敲黛玉的手於是罸了香菱一杯下則寶釵和
探春對了點子探春便射了一人字寶釵笑道這個人字泛得

狠探春笑道添一個字兩覆一射也不泛了說着便又說了一個窗字寶釵一想因見席上有雞便猜着他是用雞窗雞人二典了因射了一個塒字探春知他射着用了雞棲於塒的典二人一笑各飲一口門杯湘雲等不得早和寶玉三五亂叫猜起拳來那邊尤氏和鴛鴦隔着席也七八亂叫搳起拳來平兒襲人也作了一對叮叮噹噹只聽得腕上鐲子響一時湘雲贏了寶玉襲人贏了平兒二人限酒底酒面湘雲便說酒面要一句古文一句舊詩一句骨牌名一句曲牌名還要一句時憲書上有的話共總成一句話酒底要關人事的菓菜名衆人聽了都說惟有他的令比人嘮叨倒也有些意思便催寶玉快說寶玉

笑道誰說過這個也等想一想兒黛玉便道你多喝一鍾我替你說寶玉真個喝了酒聽黛玉說道

落霞與孤鶩齊飛風急江天過雁哀却是一枝折脚雁叫得人九迴腸這是鴻雁來賓

說得大家笑了衆人說這一串子倒有些意思黛玉又拈了一個榛瓤說酒底道

榛子非關隔院砧何來萬戶擣衣聲

令完鴛鴦襲人等皆說的是一句俗語都帶一個壽字不須多贅大家輪流亂了一陣這上面湘雲又和寶琴對了手李紈和岫烟對了點子李紈便覆了一個瓢字岫烟便射了一個綠字

二八會意各飲一口湘雲的拳却輸了請酒面酒底寶琴笑道請君入甕大家笑起來說道這個典用得當湘雲便說道

奔騰澎湃江間波浪兼天湧須要鐵索纜孤舟旣遇着一江風不宜出行

說的衆人都笑了說好個謅斷了腸子的怪道他出這個令故意惹人笑又催他快說酒底兒湘雲吃了酒夾了一塊鴨肉呷了口酒忽見碗內有半個鴨頭遂夾出來吃腦子衆人催他別只顧吃你到底快說呀湘雲便用筯子擧着說道

這鴨頭不是那丫頭　頭上那些桂花油

衆人越發笑起來引得晴雯小螺等一干人都走過來說雲姑娘會開心兒拿着我們取笑兒快罰一杯纔罷怎麼見得我們就該擦桂花油呢倒得每人給一瓶子桂花油擦擦黛玉笑道他倒有心給你們一瓶子油又怕罣誤着打竊盜官司衆人不理論寶玉却明白忙低了頭彩雲心裏有病不覺的紅了臉寶釵忙暗暗的瞅了黛玉一眼黛玉自悔失言原是打趣寶玉的就忘了村了彩雲了自悔不及忙一頓的行令猜拳岔開了底下寶玉可巧和寶釵對了點子寶釵便覆了一個寶字寶玉想了一想便知是寶釵作戲指着自己的通靈玉說的便笑道姐姐拿我作雅謔我却射著了說出來姐姐別惱就是姐姐的諱釵字就是了衆人道怎麼解寶玉道他說寶底下自然是玉字了

我射釵字舊詩曾有敲斷玉釵紅燭冷豈不射著了湘雲說道這用時事卻使不得兩個人都該罰香菱道不止時事這也是有出處的湘雲道寶玉二字並無出處不過是春聯上或有之詩書紀載並無算不得香菱道前日我讀岑嘉州五言律現有一句說此鄉多寶玉怎麽你倒忘了後來又讀李義山七言絕句又有一句寶釵無日不生塵我還笑說他兩個名字都原來在唐詩上呢衆人笑說這可問住了快罰一盃湘雲無話只得飲了大家又該對點搳拳這些人因賈母王夫人不在家沒了管束便任意取樂呼三喝四喊七叫八滿廳中紅飛翠舞玉動珠搖真是十分熱鬧頑了一回大家方起席散了卻忽然不見

了湘雲只當他外頭自便就來誰知越等越沒了影兒使人各處去找那裡找的着接着林之孝家的同着幾個老婆子來一則恐有正事呼喚二則恐丫鬟們年輕趁王夫人不在家不服探春等約束恣意痛飲失了體統故來請問有事無事探春見他們來了便知其意忙笑道你們又不放心來查我們來了我們並沒有多吃酒不過是大家頑笑將酒作引子媽媽們別躭心李紈尤氏也都笑說你們歇着去罷我們也不敢叫他們多吃了林之孝家的等人笑說我們知道連老太太讓姑娘們吃酒姑娘們還不肯吃呢何況太太們不在家自然頑罷了我們怕有事來打聽打聽二則天長了姑娘們頑一會子還該點補

些小食兒素日又不大吃雜項東西如今吃一兩盃酒若不多吃些東西怕受傷探春笑道媽媽說的是我們也正要吃呢叫頭命取點心來兩傍丫鬟們齊聲答應了忙去傳點心探春又笑讓你們歇著去或是姨媽那裡說話兒去我們即刻打發人送酒你們吃去林之孝家的等人笑回不敢領了又站了一回方退出去了平兒摸着臉笑道我的臉都熱了也不好意思見他們依我說竟收了罷別惹他們再來倒沒意思了探春笑道不相干橫豎偺們不認真喝酒就罷了正說着只見一個小丫頭笑嘻嘻的走來說姑娘們快瞧雲姑娘吃醉了圖涼快在山子後頭一塊青石板磴上睡着了衆人聽說都笑道快別吵嚷

說着都走來看時果見湘雲臥于山石僻處一個石磴子上業經香夢沉酣四面芍藥花飛了一身滿頭臉衣襟上皆是紅香散亂手中的扇子在地下也半被落花埋了一羣蜜蜂蝴蝶鬧嚷嚷的圍着又用鮫帕包了一包芍藥花瓣枕着衆人看了又是愛又是笑忙上來推喚攙扶湘雲口內猶作睡語說酒令嘟嘟囔嚷說泉香酒冽醉扶歸宜會親友衆人笑推他說道快醒醒兒吃飯去這潮磴上還睡出病來呢湘雲慢啟秋波見了衆人又低頭看了一看自己方知是醉了原是納涼避靜的不覺因多罰了兩盃酒姣娜不勝便睡着了心中反覺自悔早有小丫頭端了一盆洗臉水兩個捧着鏡奩衆人等着他便在石磴

上重新匀了臉櫳了鬢連忙起身同著來至紅香圃中又吃了兩盃濃茶探春忙命將醒酒石拿來給他啣在口内一時又命他吃了些酸湯方纔覺得好了些當下又選了幾樣菓菜給鳳姐兒送去鳳姐兒也送了幾樣來寶釵等吃過點心大家也有坐的也有立的也有在外觀花的也有倚欄看魚的各自取便說笑不一探春便和寶琴下棊寶釵岫烟觀局黛玉和寶玉在一簇花下唧唧噥噥不知說些什麽只見林之孝家的和一群女人帶了一個媳婦進來那媳婦愁眉淚眼也不敢進廳來到堦下便朝上跪下磕頭探春因一塊棊受了敵算來算去總得了兩個眼便折了官着兒兩眼只瞅着棊盤一隻手伸在盒內

只管抓棊子作想林之孝家的站了半天因回頭要茶時纔看見問什麽事林之孝家的便指那媳婦說這是四姑娘屋裡小丫頭彩兒的娘現是園內伺候的人嘴很不好纔是我聽見了問著他他說的話也不敢回姑娘竟要攆出去纔是探春道怎麽不回大奶奶林之孝家的道方纔大奶奶往廳上姨太太處去頂頭看見我已回明白了叫回姑娘來探春道怎麽不回二奶奶平兒道不回去也罷我想回說一聲就是了既這麽着就攆他出去等太太回來再回請姑娘定奪探春點頭仍又下棊這裡林之孝家的帶了那人出去不提黛玉和寶玉二人站在花下遙遙盼望黛玉便說道你家三丫頭倒是個乖人雖然叫

他管些事也倒一步不肯多走差不多的人就早作起威福來
了寶玉道你不知道呢你病著時他幹了幾件事這園子也分
了人管如今多掐一根草也不能了又蠲了幾件事單拿我和
鳳姐姐做筏子最是心裡有算計的人豈止乖呢黛玉道要這
樣纔好偺們也太費了我雖不管事心裡每常閑了替你們一
算出的多進的少如今若不省儉必致後手不接寶玉笑道憑
他怎麽後手不接也不短了偺們四個人的黛玉聽了轉身就
往廳上尋寶釵說笑去了寶玉正欲走時只見襲人走來手內
捧着一個小連環洋漆茶盤裡面可式放着兩鍾新茶因問他
往那裡去了我見你兩個半日沒吃茶巴巴的倒了兩鍾來他

又走了寶玉道那不是他你給他送去說着自拿了一鍾襲人
便送了那鍾去偏和寶釵在一處只得一鍾茶便說那位渴時
那位先接了我再倒去寶釵笑道我倒不渴只要一口漱漱就
是了說著先拿起來喝了一口剩了半盃遞在黛玉手內襲人
笑說我再倒去黛玉笑道你知道我這病大夫不許多吃茶這
半鍾儘彀了難爲你想的到說畢飲乾將盃放下襲人又來接
寶玉的寶玉因問這半日不見芳官他在那裡呢襲人四顧一
瞧說纔在這裡的幾個人鬥草頑這會子不見了寶玉聽說便
忙回房中果見芳官面向裡睡在床上寶玉推他說道快別睡
覺偺們外頭頑去一會子好吃飯芳官道你們吃酒不理我叫

我悶了半天可不來睡覺罷了寶玉拉了他起來笑道偺們晚上家裡再吃回來我叫襲人姐姐帶了你桌上吃飯何如芳官道藕官蕊官都不上去单我在那裡也不好我也吃不慣那個麵條子早起也没好生吃纔剛餓了我巳告訴了柳嫂子先給我做一碗湯盛半碗粳米飯送到我這裡吃了就完事若是晚上吃酒不許叫人管着我我要盡力吃彀了纔罷我先在家裡吃二三觔好惠泉酒呢如今學了這勞什子他們說怕壞嗓子這幾年也没聞見趁今兒我可是要開齋了寶玉道這個容易說着只見柳家的果遣人送了一個盒子來春燕接着揭開看時裡面是一碗蝦丸鷄皮湯又是一碗酒釀清蒸鴨子一碟醃的胭脂鵝脯還有一碟四個奶油松瓤捲酥並一大碗熱騰騰碧瑩瑩綠畦香稻粳米飯春燕放在案上走來安小菜碗筯過來擺了一碗飯芳官便說油膩膩的誰吃這些東西只將湯泡飯吃了一碗揀了兩塊醃鵝就不吃了寶玉聞着倒覺比往常之味又勝些似的遂吃了一個捲酥又命春燕也撥了半碗飯泡湯一吃十分香甜可口春燕和芳官都笑了吃畢春燕便將剩的要交回寶玉道你吃了罷若不彀再要些來春燕道不用要這就彀了方纔麝月姐姐拿了兩盤子點心給我們吃了我再吃了這個儘彀了不用再吃了說着便站在桌傍一頓吃了又留下兩個捲酥說這個留下給我媽吃晚上要吃酒給我兩

碗吃酒就是了寶玉笑道你也愛吃酒等着偺們晚上痛喝一回你襲人姐姐和晴雯姐姐的量也好也要喝只是每日不好意思的趁今兒大家開齋還有件事想着囑咐你竟忘了此刻纔想起來巳後芳官全要你照看他他或有不到處你提他襲人照顧不過這些人來春燕道我都知道不用你操心但只五兒的事怎麼樣寶玉道你和柳家的說去明兒真呌他進來罷等我告訴他們一聲就完了芳官聽了笑道這倒是正經事春燕又呌兩個小丫頭進來伏侍洗手倒茶自巳收了傢伙交給婆子也洗手便去找柳家的不在話下寶玉便出來仍往紅香圃尋衆姊妹芳官在後拿着巾扇剛出了院門只見襲人晴雯

二人攜手回來寶玉問你們做什麼呢襲人道擺下飯了等你吃飯呢寶玉笑着將方纔吃飯的一節告訴了他兩個襲人笑道我說你是猫兒食雖然如此也該上去陪他們多少應個景兒晴雯用手指戳在芳官額上說道你就是狐媚子什麼空兒跑了去吃飯兩個怎麼約下了也不告訴我們一聲兒襲人笑道不過是悞打悞撞的遇見說約下可是沒有的事晴雯道既這麼着要我們無用明兒我們都走了讓芳官一個人就彀使了襲人笑道我們都去了使得你却去不得晴雯道惟有我是第一個要去又懶又夯性子又不好又沒用襲人笑道倘或那孔雀褂子襟再燒了窟窿你去了誰能以補呢你倒別和我拿

三撒四的我煩你做個什麼把你懶的橫針不拈豎線不動一般也不是我的私活煩你橫豎都是他的你就都不肯做什麼我去了幾天你病的七死八活一夜連命也不顧給他做了出來這又是什麼原故你到底說話呀怎麼粧憨兒和我笑那也當不了什麼晴雯笑着啐了一口大家說着來至廳上薛姨媽也來了依序坐下吃飯寶玉只用茶泡了半碗飯應景而已一時吃畢大家吃茶閑話又隨便頑笑外面小螺和香菱芳官蕊官藕官荳官等四五個人滿園頑了一回大家採了些花草來兠着坐在花草堆裡鬥草這一個說我有觀音柳那一個說我有羅漢松那一個又說我有君子竹這一個又說我有美人蕉

這個又說我有星星翠那個又說我有月月紅這個又說我有牡丹亭上的牡丹花那個又說我有琵琶記裡的枇杷菓荳官便說我有姐妹花衆人沒了香菱便說我有夫妻蕙荳官說從沒聽見有個夫妻蕙香菱道一個剪兒一個花兒叫做蘭一個剪兒幾個花兒叫做蕙上下結花的爲兄弟蕙並頭結花的爲夫妻蕙我這枝並頭的怎麼不是夫妻蕙荳官沒的說了便起身笑道依你說要是這兩枝一大一小就是老子兒子蕙了若是兩枝背面開的就是仇人蕙了你漢子去了大半年你想他了便扯拉着蕙上也有了夫妻了好不害臊香菱聽了紅了臉忙要起身擰他笑罵道我把你這個爛了嘴的小蹄子滿口裡

放屁胡說荳官見他要站起來怎肯容他就連忙伏身將他壓住回頭笑着央告蕊官等來幫着我擰他這張嘴兩個人滾在地下衆人拍手笑說了不得了那是一窪子水可惜弄了他的新裙子荳官回頭看了一看果見傍邊有一汪積雨香菱的半条裙子都污濕了自己不好意思忙奪手跑了衆人笑個不住怕香菱拿他們出氣也都笑著一哄而散香菱起身低頭一瞧見那裙上猶滴滴點點流下綠水來正恨罵不絕可巧寳玉見他們鬥草也尋了些草花來凑戲忽見衆人跑了只剩了香菱一個低頭弄裙因問怎麽散了香菱便說我有一枝夫妻蕙他們不知道反誣我謅因此鬧起來把我的新裙子也遭塌了寳

玉笑道你有夫妻蕙我這裡倒有一枝並蒂菱口內說着手裡真個拈着一枝並蒂菱花又拈了那枝夫妻蕙在手內香菱道什麽夫妻不夫妻並蒂不並蒂你瞧瞧這裙子寳玉便低頭一瞧噯呀了一聲說怎麽就拖在泥裡了可惜這石榴紅綾最不禁染香菱道這是前兒琴姑娘帶了來的姑娘做了一條我做了一條今兒纔上身寳玉跌脚嘆道若你們家一日遭塌這麽一件也不値什麽只是頭一件既係琴姑娘帶來的你和寳姐姐每人纔一件他的尚好你的先弄壞了豈不辜負他的心二則姨媽老人家的嘴碎饒這麽着我還聽見常說你們不知過日子只會遭塌東西不知惜福這叫姨媽看見了又說個不淸

香菱聽了這話却碰在心坎兒上反到喜歡起來因笑道就是這話我雖有幾條新裙子都不合這一樣若有一樣的趕著換了也就好了過後再說寶玉道你快休動只站著方好不然連小衣膝褲鞋面都要弄上泥水了我有主意襲人上月做了一條和這個一模二樣的他因有孝如今也不穿竟送了你換下這個來何如香菱笑着搖頭說不好倘或他們聽見了倒不好寶玉道這怕什麽等他孝滿了他愛什麽難道不許你送他别的不成你若這樣不是你素日爲人了况且不是瞞人的事只管告訴寶姐姐也可只不過怕姨媽老人家生氣罷咧香菱想了一想有理點頭笑道就是這樣罷了别辜負了你的心等着

你千萬叫他親自送來纔好寶玉聽了喜歡非常答應了忙忙的回來一壁低頭心下暗想可惜這麽一個人没父母連自已本姓都忘了被人拐出來偏又賣給這個霸王因又想起往日平兒也是意外想不到的今兒更是意外之意外的事了一面胡思亂想來至房中拉了襲人細細告訴了他緣故香菱之爲人無人不憐愛的襲人又本是個手中撒漫的况與香菱相好一聞此信忙就開箱取了出來摺好隨了寶玉來尋香菱見他還站在那裡等呢襲人笑道我說你太淘氣了總要淘出個故事來纔罷香菱紅了臉笑說多謝姐姐了誰知那起促俠鬼使的黑心說着接了裙子展開一看果然合自已的一樣又命寶

去打過臉去自已向內解下來將這條繫上襲人道把這腌臢了的交給我拿回去收拾了給你送來你要拿回去看見了又是要問的香菱道好姐姐你拿去不拘給那個妹妹罷我有了這個不要他了襲人道你倒大方的狠香菱忙又拜了兩拜道謝襲人一面襲人拿了那條泥汚了的裙子就走菱香見寶玉蹲在地下將方纔夫妻蕙與並蒂菱用樹枝兒挖了一個坑先抓些落花來鋪墊了將這菱蕙安放上又些將落花來掩了方撮土掩埋平伏香菱拉他的手笑道這又叫做什麽怪道人人說你慣會鬼鬼祟祟使人肉麻呢你瞧瞧你這手弄得泥汚苔滑的還不快洗去寶玉看笑方起身走了去洗手香菱也自走

開二人走已了數步香菱復轉身回來叫住寶玉寶玉不知有何說話扎煞着兩隻泥手笑嘻嘻的轉來作問什麽香菱紅了臉只管笑嘴裡要却說什麽又說不出口來因那邊他的小丫頭臻兒走來說二姑娘等你說話呢香菱臉又一紅方向寶玉道裙子的事可別和你哥哥說就完了說畢即轉身走了寶玉笑道可不是我瘋了往虎口裡探頭兒去呢說着也回去了不知端詳囬下分解

紅樓夢第六十二回終

紅樓夢第六十三回

壽怡紅羣芳開夜宴　死金丹獨艷理親喪

話說寶玉回至房中洗手因和襲人商議晚間吃酒大家取樂不可拘泥如今吃什麽好早說給他們備辦去襲人笑道你放心我和晴雯麝月秋紋四個人每人五錢銀子共是二兩芳官碧痕春燕四兒四個人每人三錢銀子他們告假的不算共是三兩二錢銀子早已交給了柳嫂子預備四十碟菓子我和平兒說了已經抬了一罈好紹興酒藏在那邊了我們八個人單替你做生日寶玉聽了喜的忙說他們是那裡的錢不該叫他們出纔是晴雯道他們沒錢難道我們是有錢的這原是各人

的心那怕他偷的呢只管領他的情就是了寶玉聽了笑說你說的是襲人笑道你這個人一天不捱他兩句硬話村你你再過不去晴雯笑道你如今也學壞了專會調三窩四說着大家都笑了寶玉說關了院門罷襲人笑道怪不得人說你是無事忙這會子關了門人倒疑惑索性再等一等寶玉點頭因說我出去走走四兒舀水去春燕一個跟我來罷說着走至外邊因見無人便問五兒之事春燕道我纔告訴了柳嫂子他倒很喜歡只是五兒那一夜受了委屈煩惱回去又氣病了那裡來得只等好了罷寶玉聽了未免後悔長嘆因又問這事襲人知道不知道春燕道我沒告訴不知芳官可說了沒有寶玉道

我們沒告訴過他也罷等我告訴他就是了說畢復走進來故意洗手已是掌燈時分聽得院門前有一羣人進來大家隔窗悄視果見林之孝家的和幾個管事的女人走來前頭一人提著大燈籠晴雯悄笑道他們查上夜的人來了這一出去借門就好關門了只見怡紅院凡上夜的人都迎出去了林之孝家的看了不少又吩咐別要錢吃酒放倒頭睡到大天亮我聽見是不依的衆人都笑說那裡有這麼大胆子的人林之孝家的又問寶二爺睡下了沒有衆人都回不知道襲人忙推寶玉寶玉靸了鞋便迎出來笑道我還沒睡呢媽媽進來歇歇又叫襲人倒茶來林之孝家的忙進來笑說還沒睡呢如今天長夜短

該早些睡了明日方起的早不然到了明日起遲了人家笑話不是個讀書上學的公子了倒像那起挑脚漢了說畢又笑寶玉忙笑道媽媽說的是我每日都睡的早媽媽每日進來可都是我不知道的已經睡了今日因吃了麪怕停食所以多頑一回林之孝家的又向襲人等笑說該沏些普洱茶喝襲人晴雯二人忙說沏了一茶缸子女兒茶已經喝過兩碗了大娘也嚐一碗都是現成的說着晴雯便倒了來林家的站起接了又笑道這些時我聽見二爺嘴裡都換了字眼赶着這幾位大姑娘們竟叫起名字來雖然在這屋裡到底是老太太太太的人還該嘴裡尊重些纔是若一時半刻偶然叫一聲使得若只管順

下叫起來怕已後兄弟侄兒照樣就惹人笑話這家子的人眼裡沒有長輩了寶玉笑道媽媽說的是我不過是一時半刻偶然叫一句是有的襲人晴雯都笑說這可別委屈了他直到如今他可姐姐沒離了嘴不過頑的時候叫一聲半聲名字若當着人卻是和先一樣林之孝家的笑道這纔好呢這纔是讀書知禮的越自己謙遜越尊重別說是三五代的陳人現從老太太太太屋裡撥過來的就是老太太太太屋裡的猫兒狗兒輕易也傷不得他這纔是受過調教的公子行事說畢吃了茶便說請安歇罷我們走了寶玉還說再歇歇那林之孝家的已帶了眾人又查別處去了這裡晴雯等忙命關了門進來笑說道

位奶奶那裡吃了一杯來了嘮三叨四的又排場了我們一頓去了麝月笑道他也不是好意的少不得也要常提著些兒也隄防着怕走了大摺兒的意思說着一面擺上酒菓襲人道不用高桌偺們把那張花梨圓炕桌子放在炕上坐又寬綽又便宜說着大家果然抬來麝月和四兒那邊去搬菓子用兩個大茶盤做四五次方搬運了來兩個老婆子蹲在外面火盆上篩酒寶玉說天熱偺們都脫了大衣裳纔好眾人笑道你要脫你脫我們還要輪流安席呢寶玉笑道這一安席就要到五更天了知道我最怕這些俗套在外人跟前不得已的這會子還慪我就不好了眾人聽了都說依你于是先不上坐且忙著卸粧

寬衣一時將正粧卸去頭上只隨便挽着鬢兒身上皆是緊身袄兒寶玉只穿着大紅綿紗小袄兒下面綠綾弾墨夾褲散着褲腳繫着一条汗巾靠着一個各色玫瑰芍藥花瓣装的玉色夾紗新枕頭和芳官兩個先搳拳當時芳官滿口嚷熱只穿着一件玉色紅青駝絨三色緞子拼的水田小夾袄束着一条柳綠汗巾底下是水紅灑花夾袴也散著褲腿頭上齊額編着一圈小辮總歸至頂心結一根粗辮拖在腦後右耳根內只塞着米粒大小的一個小玉塞子左耳上單一個白菓大小的硬紅鑲金大墜子越顯得面如滿月猶白眼似秋水還清引得衆人笑說他兩個倒像一對雙生的弟兄襲人等一一斟上酒來說且等一等再搳拳雖不安席在我們每人手裡吃一口罷了于是襲人為先端在唇上吃了一口其餘依次下去一一吃過大家方團圓坐了春燕四兒因炕沿坐不下便端了兩個絨套繡墩近炕沿放下那四十個碟子皆是一色白彩定窰的不過小茶碟大裡面自是山南海北乾鮮水陸的酒饌菓菜寶玉因說偺們也該行個令纔好襲人道斯文些纔好別大呼小叫叫人聽見二則我們不識字可不要那些文的麝月笑道拿骰子偺們搶紅罷寶玉道没趣不好偺們占花名兒好晴雯笑道正是早已想弄這個頑意兒襲人道這個頑意雖好人少了没趣春燕笑道依我說偺們竟悄悄的把寶姑娘雲姑娘林姑娘請了

來一會子到二三更天再睡不遲襲人道又開門闔戶的鬧倘或遇見巡夜的問寶玉道怕什麼咱們三姑娘也吃酒再請他一聲纔好還有琴姑娘眾人都道琴姑娘罷了他在大奶奶屋裡叨登的大發了寶玉道怕什麼你們就快請去春燕四兒都巴不得一聲二人忙命開門各帶小丫頭分頭去請晴雯麝月襲人三人又說他兩個去請只怕不肯來須得我們去請死活拉了來于是襲人晴雯忙又命老婆子打個燈籠二人又去果然寶釵說夜深了黛玉說身上不好他二人再三央求好歹給我們一點體面略坐坐再來眾人聽了却也歡喜因想不請李紈倘或被他知道了倒不好便命翠墨同春燕也再三的請了李紈和寶琴二人會齊先後都到了怡紅院中襲人又死活拉了香菱來炕上又併了一張桌子方坐開了寶玉忙說林妹妹怕冷過這邊靠板壁坐又拿了個靠背墊著些襲人等都端了椅子在炕沿下陪着黛玉却離桌遠遠的靠着靠背因笑向寶釵李紈探春等道你們日日說人家夜飲聚賭今日我們自己也如此以後怎麼說人李紈笑道有何妨碍一年之中不過生日節間如此並沒夜夜如此這倒也不怕說着晴雯拿了一個竹雕的簽筒來裡面裝着象牙花名簽子搖了一搖放在當中又取過骰子來盛在盒內搖了一搖揭開一看裡面是六點數至寶釵寶釵便笑道我先抓不知抓出個什麼來說着將筒搖

了一注伸手掣出一簽大家一看只見簽上畫着一枝牡丹題着艷冠羣芳四字下面又有鐫的小字一句唐詩道是

任是無情也動人

又注着在席共賀一杯此爲羣芳之冠隨意命人不拘詩詞雅謔或新曲一支爲賀衆人都笑說巧得狠你也原配牡丹花說着大家共賀了一杯寶釵吃過便笑說芳官唱一隻我們聽罷芳官道既這樣大家吃了門杯好聽於是大家吃酒芳官便唱壽筵開處風光好衆人都道快打回去這會子狠不用你來上壽揀你極好的唱來芳官只得細細的唱了一隻賞花時翠鳳翎毛紥箒扠閑踏天門掃落花纔罷寶玉却只管拿着那簽口

内顛來倒去念任是無情也動人聽了這曲子眼看着芳官不語湘雲忙一手奪了擲與寶釵寶釵又擲了一個十六點數到探春探春笑道還不知得個什麽伸手掣了一根出來自己一瞧便擲在桌上紅了臉笑道狠不該行這個令這原是外頭男人們行的令許多混賬話在上頭衆人不解襲人等忙拾起來衆人看時上面一枝杏花那紅字寫着瑤池仙品四字詩云

日邊紅杏倚雲栽

註云得此簽者必得貴婿大家恭賀一杯再同飲一杯衆人笑說道我們說是什麽呢這簽原是閨閣中取笑的除了這兩三根有這話的並無雜話這有何妨我們家已有了王妃難道你

也是王妃不成大喜大喜說著大家來敬探春探春那裡肯飲却被湘雲香菱李紈等三四個人强死强活灌了一鍾纔罷探春只叫蠲了這個再行別的衆人斷不肯依湘雲拿着他的手强擲了個十九點出來便該李氏掣李氏搖了一搖掣出一根來一看笑道好極你們瞧瞧這行子竟有些意思衆人瞧那簽上畫着一枝老梅寫着霜曉寒姿四字那一面舊詩是

竹籬茅舍自甘心

註云自飲一杯下家擲骰李紈笑道真有趣你們擲去罷我只自吃一杯不問你們的廢興說着便吃酒將骰過給黛玉黛玉一擲是十八點便該湘雲掣湘雲笑著揎拳擄袖的伸手掣了

一根出來大家看時一面畫着一枝海棠題着香夢沉酣四字那面詩道是

只恐夜深花睡去

黛玉笑道夜深二字改石凉兩個字倒好衆人知他打趣日間湘雲醉眠的事都笑了湘雲笑指那自行船給黛玉看又說快坐上那船家去罷別多說了衆人都笑了因看注云既云香夢沉酣掣此籤者不便飲酒只令上下兩家各飲一盃湘雲拍手笑道阿彌陀佛真真好籤恰好黛玉是上家寶玉是下家二人斟了兩盃只得要飲寶玉先飲了半盃瞅人不見遞與芳官芳官即便端起來一仰脖喝了黛玉只管和人說話將酒全折在

激盅門了湘雲便抓起骰子來一擲個九點數去該麝月麝月便掣了一根出來大家看時上面是一枝荼䕷花題着韶華勝極四字那邊寫着一句舊詩道是

開到荼䕷花事了

註云在席各飲三盃送春麝月問怎麼講寶玉皺皺眉兒忙將籤藏了說咱們且喝酒罷說着大家吃了三口以充三盃之數麝月一擲個十點該香菱香菱便掣了一根並蒂花題着聯春繞瑞那面寫着一句舊詩道是

連理枝頭花正開

註云共賀掣者三盃大家陪飲一盃香菱便又擲了個六點該黛玉黛玉默默的想道不知還有什麼好的被我掣著方好一面伸手取了一根只見上面畫着一枝芙蓉花題着風露清愁四字那面一句舊詩道是

莫怨東風當自嗟

註云自飲一盃牡丹陪飲一盃眾人笑說這個好極除了他別人不配做芙蓉黛玉也自笑了于是飲了酒便擲了個二十點該著襲人襲人便伸手取了一枝出來却是一枝桃花題著武陵別景四字那一面寫着舊詩道是

桃紅又見一年春

註云杏花陪一盞坐中同庚者陪一盞同姓者陪一盞眾人笑

說笑一回熱鬧有趣大家算來香菱晴雯寶釵三人皆與他同
庚黛玉與他同辰只無同姓者芳官忙道我也姓花我也陪他
一鍾于是大家斟了酒黛玉因向探春笑道命中該招貴婿的
你是杏花快喝了我們好喝探春笑道這是什麽話大嫂子順
手給他一巴掌李紈笑道人家不得貴壻反挨打我也不忍得
衆人都笑了襲人纔要擲只聽有人叫門老婆子忙出去問時
原來是薛姨媽打發人來了接黛玉的衆人因問幾更了人回
二更已後了鐘打過十一下了寶玉猶不信要過表來瞧了一
瞧已是子初一刻十分了黛玉便起身說我可掌不住了回去
還要吃藥呢衆人說也都該散了襲人寶玉等還要留着衆人

李紈探春等都說夜太深了不像這已是破格了襲人道既如
此每位再吃一盃再走說著晴雯等已都斟滿了酒每人吃了
都命點燈襲人等齊送過沁芳亭河那邊方回來關了門大家
復又行起令來襲人等又用大鍾斟了幾鍾用盤子攢了各樣
果菜與地下的老媽媽們吃彼此有了三分酒便搳拳贏唱小
曲兒那天已四更時分老媽媽們一面明吃一面暗偷酒缸已
罄衆人聽了方收拾盥漱睡覺芳官吃得兩腮胭脂一般眉梢
眼角添了許多丰韻身子圖不得便睡在襲人身上說姐姐我
心跳的狠襲人笑道誰叫你儘力灌呢春燕四兒也圖不得早
睡了晴雯還只管叫寶玉道不用叫了僧們且胡亂歇一歇自

往日老太太太太帶着衆人頑也不及昨兒這一頑一罈酒我們都鼓搗光了一個個喝的把臊都丟了又都唱起來四更多天纔横三豎四的打了一個盹兒平兒笑道好白和我要了酒來也不請我還說着給我聽氣我晴雯道今兒他還席必自來請你你等着罷平兒笑問道他是誰誰是他晴雯聽了把臉飛紅了赶着打笑說道偏你這耳朶尖聽的真平兒笑道呸不害臊的丫頭這會子有事不和你說我有事去了回來再打發人來請一個不到我是打上門來的寶玉等忙留他已經去了這裡寶玉梳洗了正喝茶忽然一眼看見硯台底下壓着一張紙因說道你們這麽隨便混壓東西也不好襲人晴雯等忙問又

怎麽了誰又有了不是了寶玉指道硯台下是什麽一定又是那位的樣子忘記收的晴雯忙啟硯拿了出來却是一張字帖兒遞給寶玉看時原來是一張粉紅箋紙上面寫着檻外人妙玉恭肅遥叩芳辰寶玉看畢直跳了起來忙問是誰接了來的也不告訴襲人晴雯等見了這般不知當是那來要緊的人來的帖子忙一齊問昨兒是誰接下了一個帖子四兒忙跑進來笑說昨兒妙玉並沒親來只打發個媽媽送來我就擱在這裡誰知一頓酒喝的就忘了衆人聽了道我當是誰大驚小怪這也不直的寶玉忙命快拿紙來當下拿了紙研了墨看他下着檻外人三字自已竟不知回上帖回個什麽字樣纔相敵只管

想筆出神半天仍沒主意因有想要問寶釵去他必又批評怪誕不如問黛玉去想罷袖了帖兒逕來尋黛玉剛過了沁芳亭忽見岫烟顫顫巍巍的迎面走來寶玉忙問姐姐那裡去岫烟笑道我找妙玉說話寶玉聽了詫異說道他爲人孤癖不合時宜萬人不入他的目原來他推重姐姐竟知姐姐不是我們一流俗人岫烟笑道他也未必真心重我但我和他做過十年的隣居只一墻之隔他在蟠香寺修煉我家原來寒素賃房居就賃了他廟裡的房子住了十年無事到他廟裡去作伴我所認得的字都是承他所授我和他又是貧賤之交又有半師之分因我們投親去了聞得他因不合時宜權勢不容竟投到這裡

來如今又兩緣凑合我們得遇舊情竟未改易承他青目更勝當日寶玉聽了恍如聽了焦雷一般喜得笑道怪道姐姐舉止言談超然如野鶴閒雲原本有來歷我正因他的一件事爲難要請教別人去如今遇見姐姐真是天緣凑合求姐姐指教說著便將拜帖取給岫烟看岫烟笑道他這脾氣竟不能改竟是生成這等放誕詭僻了從來沒見拜帖上下別號的這可是俗語說的僧不僧俗不俗女不女男不男成個什麼理數寶玉聽說忙笑道姐姐不知道他原不在這些人中他原是世人意外之人因取了我是個些微有知識的方給我這帖子我因不知回什麼字樣纔好竟沒了主意正要去問林妹妹可巧遇見

了姐姐岫烟聽了寶玉這話且只管用眼上下細細打量了半日方笑道怪道俗語說的聞名不如見面又怪不的妙玉竟下這帖子給你又怪不的上年竟給你那些梅花既連他這樣少不得我告訴你原故他常說古人中自漢晉五代唐宋以來皆無好詩只有兩句好說道縱有千年鐵門檻終須一個土饅頭所以他自稱檻外之人又常讚文是莊子的好故又或稱為畸人他若帖子上是自稱畸人的你就還他個世人畸人者他自稱是畸零之人你謙自己乃世人擾擾之人他便喜了如今他自稱檻外之人是自謂蹈于鐵檻之外了故你如今只下檻內人便合了他的心了寶玉聽了如醍醐灌頂噯喲了一聲方笑

道怪道我們家廟說是鐵檻寺呢原來有這一說姐姐就請讓我去寫回帖岫烟聽了便自往櫳翠菴來寶玉回房寫了帖子上面只寫檻內人寶玉熏沐謹拜幾字親自拿了到櫳翠菴只隔門縫兒投進去便回來了因飯後平兒還席說紅香圃太熱便在榆蔭堂中擺了幾席新酒佳餚可喜尤氏又帶了佩鳳偕鸞二妾過來遊玩這二妾亦是青年姣憨女子不常過來的今既入了這園再遇見湘雲香菱芳蕊一干女子所謂方以類聚物以羣分二語不錯只見他們說笑不了也不管尤氏在那裡只憑丫嬛們去服役且同眾人一一的遊玩閑言少述且說當下眾人都在榆蔭堂中以酒為名大家頑笑命女先兒擊鼓平

見採了一枝芍藥大家約二十來人傳花爲令熱鬧了一回因人回說甄家有兩個女人送東西來了探春和李紈尤氏三人出去議事廳相見這裏衆人且出來散一散佩鳳偕鸞兩個去打鞦韆頑耍寶玉便說你兩個上去讓我送慌的佩鳳說罷了別替我們鬧亂子忽見東府裏幾個人慌慌張張跑來說老爺賓天了衆人聽了唬了一大跳忙都說好好的並無疾病怎麼就沒了家人說老爺天天脩煉定是功成圓滿昇仙去了尤氏一聞此言又見賈珍父子並賈璉等皆不在家一時竟沒個着已的男子來未免忙了只得忙卸了粧飾命人先到元真觀將所有的道士都鎖了起來等大爺來家審問一面忙忙坐車帶

了賴昇一干老人媳婦出城又請大夫看視到底係何病症大夫們見人已死何處胗脉來素知賈敬導氣之術總屬虛誕更至參星禮斗守庚申服靈砂等妄作虛爲過于勞神費力反因此傷了性命的如今雖死腹中堅硬似鐵面皮嘴唇燒的紫絳皺裂便向媳婦回說係道教中吞金服砂燒脹而沒衆道士慌的回道原是秘製的丹砂吃壞了事小道們也曾勸說功夫未到且服不得不成望老爺于今夜守庚申時悄悄的服了下去便昇仙去了這是虔心得道已出苦海脫去皮囊了尤氏也不便聽只命鎖着等賈珍來發放且命人飛馬報信一面看視裡面窄狹不能停放橫豎也不能進城的忙裝裹好了用軟轎擡

至鐵檻寺來停放掐指算來至早也得半月的工夫賈珍方能來到目今天氣炎熱寔不能相待遂自行主持命天文生擇了日期入殮壽木早年已經備下寄在此廟的甚是便宜三日後便破孝開弔一面且做起道場來因那邊榮府裡鳳姐兒出不來李紈又照顧姐妹寶玉不識事體只得將外頭事務暫托了幾個家裡二等管事的賈㻞賈珖賈珩賈瓔賈菖賈菱等各有執事尤氏不能回家便將他繼母接來在寧府看家這繼母只得將兩個未出嫁的孫女兒帶來一並住着纔放心且說賈珍聞了此信急忙告假並賈蓉是有職人員禮部見當今隆敦孝弟不敢自專具本請旨原來天子極是仁孝過人的且更隆重

功臣之裔一見此本便詔問賈敬何職禮部代奏係進士出身祖職已廕其子賈珍賈敬因年邁多疾常養靜於都城之外元真觀今因疾歿于觀中其子珍其孫蓉現因國喪隨駕在此故乞假歸殮天子聽了忙下額外恩旨曰賈敬雖無功于國念彼祖父之忠追賜五品之職令其子孫扶柩由北下門入都恩賜私第殯殮任子孫盡喪禮畢扶柩回籍外著光祿寺按上例賜祭朝中由王公以下准其祭弔欽此此旨一下不但賈府裡人謝恩連朝中所有大臣皆嵩呼稱頌不絕賈珍父子星夜馳回半路甲又見賈㻞賈珖二人領家丁飛騎而來看見賈珍一齊滾鞍下馬請安賈珍忙問做什麼賈㻞回說嫂子恐哥哥侄和

完來了老太太路上無人叫我們兩個來護送老太太的賈珍聽了贊聲不晚又問家中如何料理賈瑞等便將如何拿了道士如何挪至家廟怕家內無人接了親家母和兩個姨奶奶在上房住着賈蓉當下也下了馬聽見兩個姨娘來了喜的笑容滿面賈珍忙說了幾聲妥當加鞭便走店也不投連夜換馬飛馳一日到了都門先奔入鐵檻寺那天已是四更天氣坐更的聞知忙喝起眾人來賈珍下了馬和賈蓉放聲大哭從大門外便跪爬起來至棺前稽顙泣血直哭到天亮喉嚨都啞了方住尤氏等都一齊見過賈珍父子忙按禮換了凶服在棺前俛伏無奈自要理事竟不能目不視物耳不聞聲少不得減了些

悲戚好指揮眾人因將恩旨備述給眾親友聽了一面先打發賈蓉回家來料理停靈之事賈蓉巴不得一聲兒便先騎馬跑來到家忙命前廳收桌椅下槅扇掛孝幔子門前起鼓手棚牌樓等事又忙着進來看外祖母兩個姨娘原來尤老安人年高喜睡常常歪着他二姨娘三姨娘都和丫頭們做活計見他來了都道煩惱賈蓉且嘻嘻的望他二姨娘笑說二姨娘你又來了我父親正想你呢二姨娘紅了臉罵道好蓉小子我過兩日不罵你幾句你就過不得了越發連個體統都沒了還虧你是大家公子哥兒每日念書學禮的越發連那小家子的也跟不上說着順手拿起一個熨斗來摟頭就打嚇得賈蓉抱着頭滾

到懷裡告饒尤三姐便轉過臉去說道等姐姐來家再告訴他賈蓉忙笑着跪在炕上求饒因又和他二姨娘搶砂仁吃那二姐兒嚼了一嘴渣子吐了他一臉賈蓉用舌頭都舔着吃了衆丫頭看不過都笑說熱孝在身上老娘纔睡了覺他兩個雖小到底是姨娘家你太眼裡沒有奶奶了回來告訴爺你吃不了兜着走賈蓉撇下他姨娘便抱着那丫頭親嘴說我的心肝你說得是偺們饞他們兩個丫頭們忙推他恨的罵短命鬼你一般有老婆丫頭只和我們鬧知道的說是頑不知道的人再遇見那樣髒心爛肺的愛多管閒事嚼舌頭的人吵嚷到那府裡背地嚼舌說偺們這邊混賬賈蓉笑道各門另戶誰管誰的事

都彀使的了從古至今連漢朝和唐朝人還說髒唐臭漢何況偺們這宗人家誰家沒風流事別叫我說出來連那邊大老爺這麼利害璉二叔還和那小姨娘不干淨呢鳳嬸子那樣剛強瑞大叔還想他的賬那一件瞞了我賈蓉只管信口開河胡言亂道三姐兒沉了臉早下炕進裡間屋裡叫醒尤老娘這裡賈蓉見他老娘醒了忙去請安問好又說老祖宗勞心又難為兩位姨娘受委屈我們爺兒們感激不盡惟有等事完了我們合家大小登門磕頭去尤老安人點頭道我的兒到是你會說話親戚們原是該的又問你父親好幾時得了信赶到的賈蓉笑道剛纔赶到的先打發我瞧你老人家來了好歹求你老人家

事完了再去說着又和他二姨娘擠眼兒二姐便悄悄咬牙罵道狠會嚼舌根的猴兒崽子留下我們給你爹做媽不成賈蓉又和尤老娘道放心罷我父親每日爲兩位姨娘操心要尋兩個有根基的富貴人家又年輕又俏皮兩位姨娘父親好聘嫁這二位姨娘這幾年總沒揀着可巧前兒路上纔相准了一個尤老娘只當是真話忙問是誰家的二姐丟了活計一頭笑一頭趕着打說媽媽別信這混賬孩子的話三姐兒道蓉兒你說是說別只管嘴裡這麼不清不渾的說着人來回話說事已完了請哥兒出去看了回爺的話去呢那賈蓉方笑嘻嘻的出來不知如何下回分解

紅樓夢第六十三回終

紅樓夢第六十四回

幽淑女悲題五美吟　浪蕩子情遺九龍珮

話說賈蓉見家中諸事已妥連忙趕至寺中回明賈珍于是連夜分派各項執事人役並預備一切應用旛杠等物擇於初四日卯時請靈柩進城一面使人知會諸位親友是日喪儀焜燿賓客如雲自鐵檻寺至寧府夾路看的何止數萬人內中有嗟嘆的也有羨慕的又有一等半瓶醋的讀書人說是喪禮與其奢易莫若儉戚的一路紛紛議論不一至未申時方到將靈柩停放正堂之內供奠舉哀已畢親友漸次散回只剩族中人分理迎賓送客等事近親只有邢舅太爺相伴未去賈珍賈蓉此

時為禮法所拘不免在靈傍藉草枕塊恨苦居喪人散後仍乘空在內親女眷中廝混寶玉亦每日在寧府穿孝至晚人散方回園裡鳳姐身體未愈雖不能時常在此或遇著開壇誦經親友上祭之日亦扎掙過來相幫尤氏料理一日供畢早飯因天氣尚長賈珍等連日勞倦不免在靈傍假寐寶玉見無客至遂欲回家看視黛玉因先回至怡紅院中進入門來只見院中寂靜無人有幾個老婆子和那小丫頭們在迴廊下取便乘凉也有睡卧的也有坐着打盹的寶玉也不去驚動只有四兒看見連忙上前來打簾子將掀起時只見芳官自內帶笑跑出幾乎和寶玉撞個滿懷一見寶玉方含笑站着說道你怎麼來了你

快給我攔住晴雯他要打我呢一語未了只聽見屋裡唏嚁喇的亂响不知是何物撒了一地隨後晴雯赶來罵道我看你這小蹄子兒往那裡去輸了不叫打寶玉不在家我看有誰來救你寶玉連忙帶笑攔住道你妹子小不知怎麽得罪了你看我的分上饒他罷晴雯也不想寶玉此時回来乍一見不覺好笑遂笑說道芳官竟是個狐狸精變的就是會拘神遣將的符咒也没有這麽快又笑道就是你真請了神來我也不怕遂奪手仍要捉拿芳官早已藏在身後摟着寶玉不放寶玉遂一手拉了晴雯一手携了芳官進來看時只見西邉炕上麝月秋紋碧痕春燕等正在那裡抓子兒赢瓜子兒呢却是芳官輸給晴雯芳官不肯叫打跑出去了晴雯因赶芳官將懷内的子兒撒了一地寶玉笑道如此長天我不在家裡正怕你們寂寞吃了飯睡覺睡出病來大家尋件事頑笑消遣甚好因不見襲人又問道你襲人姐姐呢晴雯道襲人麽越發道學了獨自個在屋裡面壁呢這好一會我們没進去不知他做什麽呢一點聲兒也聽不見你快瞧瞧去罷或者此時參悟了也不可知寶玉聽說一面笑一面走至裡間只見襲人坐在近窗床上手中拿着一根灰色縧子正在那裡打結子呢見寶玉進来連忙站起笑道晴雯這東西編派我什麽呢我因要赶着打完了這結子没工夫和他們瞎闹因哄他說你們頑去罷趁着二爺不在家我

要往這裡靜坐一坐養一養神他就編派了我這些個話什麽面壁了參禪了的等一會我不撕他那嘴寶玉笑着挨近襲人坐下瞧他打結子問道這麽長天你也該歇息歇息或和他們頑笑要不瞧瞧林妹妹去也好怪熱的打這個那裡使襲人道我見你帶的扇套還是那年東府裡蓉大奶奶的事情上做的那個青東西除族中或親友家夏天有白事纔帶的着一年遇着帶一兩遭平常又不犯做如今那府裡有事這是要過去天天帶的所以我趕着另作一個等打完了結子給你換下那舊的來你雖然不講究這個要叫老太太回來看見又該說我們躲懶連你穿帶的東西都不經心了寶玉笑道這真難爲你想

的到只是也不可過于趕熱著了倒是大事說著芳官早托了一杯凉水內新湃的茶來因寶玉素昔秉賦柔脆雖暑月不敢用冰只以新汲井水將茶連壺浸在盆內不時更換取其凉意而已寶玉就芳官手內吃了半盞遂向襲人道我來時已吩咐了焙茗要珍大哥那邊有要緊的客來時叫他即刻送信要沒要緊的事我就不過去了說畢遂出了房門又回頭向碧痕等道要有事到林姑娘那裡找我於是一逕往瀟湘館來看黛玉將過了沁芳橋只見雪雁領着兩個老婆子手中都拿着菱藕瓜菓之類寶玉忙問雪雁道你們姑娘從來不吃這些凉東西拿這些瓜菓作什麽不是要請那位姑娘奶奶麽雪雁笑道我

告訴你可不許你對姑娘說去寶玉點頭應允雪雁便命兩個婆子先將瓜菓送去交與紫鵑姐姐他要問我你就說我做什麼呢就來那婆子答應着去了雪雁方說道我們姑娘這兩日方覺身上好些了今日飯後三姑娘來會著要瞧二奶奶去姑娘也沒去又不知想起什麼來了自己哭了一回提筆寫了好些不知是詩是詞叫我傳瓜菓去時又聽叫紫鵑將屋內擺著的小琴桌上的陳設搬下來將棹子挪在外間當地又叫將那龍文鼎放在棹上等瓜菓來時聽用要說是請人呢不犯先忙着把個爐擺出來要說點香呢我們姑娘素日屋內除擺新鮮花菓木瓜之類又不大喜燻衣服就是點香也當點在常坐臥

的地方兒難道是老婆子們把屋子燻臭了要拿香熏熏不成究竟連我也不知爲什麼二爺白瞧瞧去寶玉聽了不由的低頭心內細想道據雪雁說必有原故要是同那一位姐妹們閒坐亦不必如此先設饌具或者是姑爺姑媽的忌辰但我記得每年到此日期老太太都吩咐另外整理餚饌送去林妹妹私祭此時已過大約必是七月因爲瓜菓之節家家都上秋季的墳林妹妹有感於心所以在私室自己奠祭取禮記春秋薦其時食之意也未可定但我此刻走去見他傷感必極力勸解又怕他煩惱鬱結於心若竟不去又恐他過於傷感無人勸止兩件皆足致疾莫若先到鳳姐姐處一看到彼稍坐即回若見

林妹妹傷感再設法開解既不至使其過悲哀痛稍申亦不至抑鬱致病想畢遂別了雪雁出了園門一逕到鳳姐處來正有許多婆子們回事畢紛紛散出鳳姐倚着門和平兒說話呢一見了寶玉笑道你回來了麼我纔吩咐了林之孝家的叫他使人告訴跟你的小廝若沒什麼事趁便請你回來歇息歇息再者那裡人多你那裡禁的住那些氣味不想恰好你倒來了寶玉笑道多謝姐姐惦記我也因今日沒事又見姐姐這兩日沒往那府裡去不知身上可大愈了所以回來看看鳳姐道左右也不過是這麼着三日好兩日不好的老太太太太不在家這些大娘們噯那一個是安分的每日不是打架就是拌嘴連賭

博偷盜的事情都鬧出來了兩三件了雖說有三姑娘幫著辦理他又是個沒出閣的姑娘也有叫他知道得的也有往他說不得的事也只好強扎掙著罷了總不得心靜一會兒別說想病好求其不添也就罷了寶玉道姐姐雖如此說姐姐還要保重身體少操些心纔是說畢又說了些閒話別了鳳姐回身往園中走來進了瀟湘館院門看時只見爐裊殘煙奠餘玉醴紫鵑正看著人往裡收桌子搬陳設呢寶玉便知已經奠祭完了走入屋內只見黛玉面向裡歪着病體懨懨大有不勝之態紫鵑連忙說道寶二爺來了黛玉方慢慢的起來含笑讓坐寶玉道妹妹這兩天可大好些了氣色倒覺靜些只是為何又傷心

了黛玉道可是你沒的說了好好的我多早晚又傷心了寶玉笑道妹妹臉上現有淚痕如何還哄我呢只是我想妹妹素日本來多病凡事當各自寬解不可過作無益之悲若作踐壞了身子使我剛說到這裡覺得以下的話有些難說連忙嚥住只因他雖和黛玉一處長大情投意合又願同生同死却只心中領會從來未曾當面說出況兼黛玉心多每每說話造次得罪了他今日原為的是來勸解不想把話又說造次了接不下去心中一急又怕黛玉惱他又想一想自己的心實在的是為好因而轉急為悲反倒掉下淚來黛玉起先原惱寶玉說話不論輕重如今見此光景心有所感本來素昔愛哭此時亦不免無言對泣却說紫鵑端了茶來打諒二人又為何事角口因說道姑娘身上纔好些寶二爺又來慪氣了到底是怎麼樣寶玉一面拭淚笑道誰敢慪妹妹了一面搭訕着起來閒步只見硯臺底下微露一紙角不禁伸手拿起黛玉忙要起身來奪已被寶玉揣在懷內笑央道好妹妹賞我看看罷黛玉道不管什麼來了就混翻一陣未了只見寶釵走來笑道寶兄弟要看什麼寶玉因未見上面是何言詞又不知黛玉心中如何未敢造次回答却望着黛玉笑黛玉一面讓寶釵坐一面笑道我曾見古史中有才色的女子終身遭際令人可欣可羨可悲可嘆者甚多今日飯後無事因欲擇出數人胡亂湊幾首詩以寄感慨可巧

採了頭來會我瞧鳳姐姐去我也身上懶懶的沒同他去將纔做了五首一時困倦起來撂在那裡不想二爺來了就瞧見了其實給他看也沒有什麼但只我嫌他是不是的寫給人看去寶玉忙道我多晚給人看來昨日那把扇子原是我愛那幾首白海棠詩所以我自己用小楷寫了不過爲的是拿在手中看着便易我豈不知閨閣中詩詞字跡是輕易往外傳誦不得的自從你說了我總沒拿出園子去寶釵道林妹妹這慮的也是你既寫在扇子上偶然忘記了拿在書房裡去被相公們看見了豈有不問是誰做的呢倘或傳揚開了反爲不美自古道女子無才便是德總以貞靜爲主女工還是第二件其餘詩詞不

過是閨中遊戲原可以會可以不會偺們這樣人家的姑娘倒不要這些才華的名譽因又笑向黛玉道拿出來給我看看無妨只不叫寶兄弟拿出去就是了黛玉笑道既如此說連你也可以不必看了又指着寶玉笑道他早已搶了去了寶玉聽了方自懷內取出湊至寶釵身傍一同細看只見寫道

西施

一代傾城逐浪花　吳宮空自憶兒家

效顰莫笑東村女　頭白溪邊尚浣沙

虞姬

腸斷烏啼夜嘯風　虞兮幽恨對重瞳

黥彭甘受他年醢　飲劍何如楚帳中

明妃

絕艷驚人出漢宮　紅顏命薄古今同
君王縱使輕顏色　予奪權何畀畫工

綠珠

瓦礫明珠一例拋　何曾石尉重嬌嬈
都緣頑福前生造　更有同歸慰寂寥

紅拂

長劍雄談態自殊　美人巨眼識窮途
屍居餘氣楊公幕　豈得羈縻女丈夫

寶玉聽了讚不絕口又說道妹妹這詩恰好只做了五首何不就命曰五美吟於是不容分説便提筆寫在後面寶釵亦說道做詩不論何題只要善翻古人之意若要隨人脚蹤走去縱使字何精工已落第二義究竟算不得好詩卽如前人所咏昭君之詩甚多有悲輓昭君的有怨恨延壽的又有譏漢帝不能使畫工圖貌賢臣而畫美人的紛紛不一後來王荊公復有意態由來畫不成當時枉殺毛延壽永叔有耳目所見尚如此萬里安能制夷狄二詩俱能各出己見不與人同今日林妹妹這五首詩亦可謂命意新奇別開生面了仍欲往下說時只見有人回道璉二爺回來了適纔外頭傳說往東府裡去了好一會了

想必就囘來的寶玉聽了連忙起身迎至大門以內等待恰好賈璉自外下馬進來于是寶玉先迎着賈璉打千兒口中給賈母王夫人等請了安又給賈璉請了安二人攜手走進來只見李紈鳳姐寶釵黛玉迎探惜等早在中堂等候一一相見已畢因聽賈璉說道老太太明日一早到家一路身體甚好今日先打發了我來囘家看視明日五更仍要出城迎接說畢衆人又問了些路途的景況因賈璉是遠歸遂大家別過讓賈璉囘房歇息一宿晚景不必細述至次日飯時前後果見賈母王夫人等到來衆人接見已畢略坐了一坐吃了一盃茶便領了王夫人等人過寧府中來只聽見裡面哭聲震天却是賈赦賈璉送賈母到家即過這邊來了當下賈母進入裡面早有賈赦賈璉率領族中人哭着迎出來了他父子一邊一個挽了賈母走至靈前又有賈珍賈蓉跪着撲入賈母懷中痛哭賈母暮年人見此光景亦摟了珍蓉等痛哭不已賈赦賈璉在傍苦勸方畧畧止住又轉至靈右見了尤氏婆媳不免又相持大痛一場哭畢衆人方上前一一請安問好賈璉因賈母纔囘家來未得歇息坐在此間看着未免要傷心遂再三的勸賈母不得已方囘來了果然年邁的人禁不住風霜傷感至夜間便覺頭悶心酸鼻塞聲重連忙請了醫生來胗脉下藥足足的忙亂了半夜一日幸而發散的快未曾傳經至三更天些須發了點汗脉靜身凉

大家方放了心至次日仍服藥調理又過了數日乃賈敬送殯之期賈母猶未大愈遂留寶玉在家侍奉鳳姐因未曾甚好亦未去其餘賈赦賈璉邢夫人王夫人等率領家人僕婦都送至鐵檻寺至晚方回賈珍尤氏並賈蓉仍在寺中守靈等過百日後方扶柩回籍家中仍托尤老娘並二姐兒三姐兒照管卻說賈璉素日既聞尤氏姐妹之名恨無緣得見近因賈敬停靈在家每日與二姐兒三姐兒相認已熟不禁動了垂涎之意況知與賈珍賈蓉素日有聚麀之誚因而乘機百般撩撥眉目傳情那三姐兒卻只是淡淡相對只有二姐兒也十分有意但只是眼目眾多無從下手賈璉又怕賈珍吃醋不敢輕動只好二人

心領神會而已此時出殯以後賈珍家下人少除尤老娘帶領二姐兒三姐兒並幾個粗使的丫鬟老婆子在正室居住外其餘婢妾都隨在寺中外面僕婦不過晚間巡更日間看守門戶白日無事亦不進裡面去所以賈璉便欲趁此時下手遂托相伴賈珍為名亦在寺中住宿又時常借着替賈珍料理家務不時至寧府中來勾搭二姐兒一日有小管家俞祿來回賈珍道前者所用棚杠孝布並請杠人青衣共使銀一千一百十兩除給銀五百兩外仍欠六百零十兩昨日兩處買賣人俱來催討奴才特來討爺的示下賈珍道你先往庫上領去就是了這又何必來回我俞祿道昨日已曾上庫上去領但只是老爺殯天

以後各處支領甚多所剩還要預備百日道場及廟中用度此時竟不能發給所以奴才今日特來回爺或者爺內庫裡暫且發給或者挪借何項吩咐了奴才好辦賈珍笑道你還當是先呢有銀子放着不使你無論那裡借了給他罷俞祿笑回道若說一二百奴才還可巴結這五六百奴才一時那裡辦得來賈珍想了一回向賈蓉道你問你娘去昨日出殯以後有江南甄家送來吊祭銀五百兩未曾交到庫上去家裡再找找湊齊了給他去罷賈蓉答應了連忙過這邊來回了尤氏復轉來回他父親道昨日那項銀子已使了二百兩下剩的三百兩令人送至家中交給老娘收了賈珍道既然如此你就帶了他去合你

老娘要出來交給他再者也瞧瞧家中有事無事問你兩個姨娘好下剩的俞祿先借了添上罷賈蓉和俞祿答應了方欲退出只見賈璉走進來了俞祿忙上前請了安賈璉便問何事賈珍一一告訴了賈璉心中想道趁此機會正可至寧府尋二姐兒一面遂說道這有多大事何必向人借去昨日我方得了一項銀子還沒有使呢莫若給他添上豈不省事賈珍道如此甚好你就吩咐蓉兒一並叫他取去賈璉忙道這個必得我親身取去再我這幾日沒回家了還要給老太太老爺太太們請請安去到大哥那邊查查家人們有無生事再也給親家太太請請安賈珍笑道只是又勞動你我心裡倒不安賈璉也笑道自

家兄弟這有何妨呢賈珍又吩咐賈蓉道你跟了你叔叔去也到那邊給老太太老爺太太們請安說我和你娘都請安打聽打聽老太太身上可大安了還服藥呢沒有賈蓉一一答應了跟隨賈璉出來帶了幾個小廝騎上馬一同進城在路叔姪閒話賈璉有心便提到尤二姐因誇說如何標緻如何做人好舉止大方言語溫柔無一處不令人可敬可愛人人都說你嬸子好據我看那裡及你二姨兒一零兒呢賈蓉揣知其意便笑道叔叔既這麼愛他我給叔叔作媒說了做二房何如賈璉笑道你這是頑話還是正經話賈蓉道我說的是當真的話賈璉又笑道敢自好只是怕你嬸子不依再也怕你老娘不願意況且

我聽見說你二姨兒已有了人家了賈蓉道這都無妨我二姨兒二姨兒都不是我老爺養的原是我老娘帶了來的聽見說我老娘在那一家時就把我二姨兒許給皇糧庄頭張家指腹爲婚後來張家遭了官司敗落了我老娘又自那家嫁了出來如今這十數年兩家音信不通我老娘時常報怨要給他家退婚我父親也要將姨兒轉聘只等有了好人家不過令人找着張家給他十幾兩銀子寫上一張退婚的字兒想張家窮極了的人見了銀子有什麼不依的再他也知道咱們這樣的人家也不怕他不依又是叔叔這樣人說了做二房我管保我老娘和我父親都願意倒只是嬸子那裡却難賈璉聽到這裡心花

都開了那裡還有什麼話說只是一味呆笑而已賈蓉又想了一想笑道叔叔要有膽量依我的主意管保無妨不過多花幾個錢賈璉忙道好孩子你有什麼主意只管說給我聽聽賈蓉道叔叔回家一點聲色也別露等我回明了我父親向我老娘說妥然後在偺們府後方近左右買上一所房子及應用傢伙再撥兩撥子家人過去服侍擇了日子人不知鬼不覺娶了過去囑咐家人不許走漏風聲嬸子在裡面住着深宅大院那裡就得知道了叔叔兩下裡住着過個一年半載即或鬧出來不過挨上老爺一頓罵叔叔只說嬸子總不生育原是為子嗣起見所以私自在外面作成此事就是嬸子見生米做成熟飯也只得罷了再求一求老太太沒有不完的事自古道慾令智昏賈璉只顧貪圖二姐美色聽了賈蓉一篇話遂為計出萬全將現今身上有服並停妻再娶嚴父妒妻種種不妥之處皆置之度外了卻不知賈蓉亦非好意素日因同他姨娘有情只因賈珍在內不能暢意如今要是賈璉娶了少不得在外居住趁賈璉不在時好去鬼混之意賈璉那裡思想及此遂向賈蓉致謝道好姪兒你果然能夠說成了我買兩個絕色的丫頭謝你說着已至寧府門首賈蓉說道叔叔進去向我老娘要出銀子來就交給俞祿罷我先給老太太請安去賈璉含笑點頭道老太太跟前別說我和你一同來的賈蓉說知道又附耳向賈璉道

令兒要遇見二姨兒可別性急了鬧出事來往後倒難辦了賈璉笑道少胡說你快去罷我在這裡等你要是賈蓉自去給賈母請安賈璉進入寧府早有家人頭兒率領家人等請安一路圍隨至廳上賈璉一一的問了些話不過塞責而已便命家人散去獨自往裡面走來原來賈璉賈珍素日親密又是兄弟本無可避忌之人自來是不等通報的於是走至上屋早有廊下伺候的老婆子打起簾子讓賈璉進去賈璉進入房中一看只見南邊炕上只有尤二姐帶著兩個丫鬟一處做活却不見尤老娘與三姐兒賈璉忙上前問好相見尤二姐含笑讓坐便靠東邊排插兒坐下賈璉仍將上首讓與二姐兒說了幾句見面情兒便笑問道親家太太台三妹妹那裡去了怎麼不見二姐笑道纔有事往後頭去了也就來的此時伺候的丫鬟因倒茶去無人在跟前賈璉不住的拿眼瞟看二姐二姐兒低了頭只含笑不理賈璉又不敢造次動手動脚的因見二姐兒手裡拿着一條拴着荷包的絹子擺弄便搭訕著往腰裡摸了摸說道檳榔荷包也忘記帶了來妹妹有檳榔賞我一口吃二姐道檳榔倒有就只是我的檳榔從來不給人吃賈璉便笑著欲近身來拿二姐兒的怕有人來看見不雅便連忙一笑撂了過來賈璉接在手裡都倒了出來揀了半塊吃剩下的撂在口裡吃了又將剩下的都揣了起來剛要把荷包親身送過去只見兩

個丫鬟倒了茶來賈璉一面接了茶吃茶一面暗將自巳帶的
一個漢玉九龍佩解了下來拴在手絹上趂丫鬟回頭時仍撂
了過去二姐也亦不去拿只粧看不見坐着吃茶只聽後面一
陣簾子响却是尤老娘三姐兒帶着兩個小丫鬟自後面走來
賈璉送目與二姐兒令其拾取這二姐亦只是不理賈璉不知
二姐兒何意思甚實着急只得迎上來與尤老娘三姐兒相見
一面又回頭看二姐兒時只見二姐兒笑着沒事人似的再又
看一看絹子已不知那裡去了賈璉方放了心仍是大家歸坐
後叙了些閒話賈璉說道大嫂子說前兒有了包銀子交給親
家太太收起來了今兒因要還人大哥令我來取再也看看家
裡有事無事尤老娘聽了連忙使二姐兒拿鑰匙去取銀子這

裡賈璉又說道我也要給親家太太請請安瞧瞧二位妹妹親
家太太臉面倒好只是二位妹妹在我們家裡受委屈尤老娘
笑道偺們都是至親骨肉說那裡的話在家裡也是住着在這
裡也是住着不瞞二爺說我們家裡自從先夫去世家計也著
實艱難了全虧了這裡姑爺幫助着如今姑爺家裡有了這樣
大事我們不能別的出力白看一看家還有什麽委屈了的呢
正說著二姐兒已取了銀子來交給尤老娘尤老娘便遞給賈璉
賈璉叫一個小丫頭叫了一個老婆子來吩咐他道你把這個
交給俞禄叫他拿過那邊去等我老婆子答應了出去只聽得

院內是賈蓉的聲音說話須臾進來給他老娘姨娘請了安又向賈璉笑道纔剛老爺還問叔叔呢說是有什麼事情要使喚原要使人到廟裡去叫我回老爺說叔叔就來老爺還吩咐我路上遇著叔叔叫快去呢賈璉聽了忙要起身又聽賈蓉和他老娘說道那一次我和老太太說的我父親要給二姨兒說的姨父就和我這叔叔的面貌身量差不多兒老太太說好不好一面說著又悄悄的用手指着賈璉和他二姨兒努嘴二姐兒倒不好意思說什麼只見三姐兒似笑非笑似惱非惱的罵道壞透了的小猴兒崽子沒了你娘的說了多早晚我纔撕他那嘴呢賈蓉早笑着跑了出去賈璉也笑着辭了出來走至廳上

又吩咐了家人們不可耍錢吃酒等話又悄悄的央賈蓉回去急速和他父親說一面便帶了俞祿過來將銀子添足交給他拿去一面給賈赦請安又給賈母去請安不提卻說賈蓉見俞祿跟了賈璉去取銀子自已無事便仍回至裡面和他兩個姨娘嘲戲一回方起身至晚到寺見了賈珍回道銀子已竟交給俞祿了老太太已大愈了如今已經不服藥了說畢又趁便將路上賈璉要娶尤二姐做二房之意說了又說如何在外面置房子住不給鳳姐知道此時總不過為的是子嗣艱難起見為的是二姨兒是見過的親上做親比別處不知道的人家說了來的好所以二叔再三央我對父親說只不說是他自已的主

意。賈珍想一想笑道其實倒也罷了只不知你二姨娘心裡願
意不願意明兒你先去和你老娘商量叫你老娘問准了你二
姨娘再作定奪於是又教了賈蓉一篇話便走過來將此事告
訴了尤氏尤氏却知此事不妥因而極力勸止無奈賈珍主意
已定素日又是順從慣了的况且他與二姐兒本非一母不便
深管因而也只得由他們鬧去了至次日一早果然賈蓉復進
城來見他老娘將他父親之意說了又添上許多話說賈璉做
人如何好目今鳳姐身子有病已是不能好的了暫且買了房
子在外面住著過個一年半載只等鳳姐一死便接了二姨兒
進去做正室又說他父親此時如何聘賈璉那邊如何娶如何

接了你老人家養老往後三姨兒也是那邊應了替聘說得天
花亂墜不由的尤老娘不肯况且素日全虧賈珍週濟此時又
是賈珍作主替聘而且粧奩不用自已置買賈璉又是青年公
子強勝張家遂忙過來與二姐兒商議二姐兒又是水性人兒
在先已和姐夫不妥又常怨恨當時錯許張華致使後來終身
失所今見賈璉有情况是姐夫將他聘嫁有何不肯也便點頭
依允當下回復了賈蓉回了他父親次日命人請了賈璉到寺
中來賈珍當面告訴了他尤老娘應允之事賈璉自是喜出望
外感謝賈珍賈蓉父子不盡於是二人商量着使人看房子打
首飾給二姐兒置買粧奩及新房中應用床帳等物不過幾日

早將諸事辦妥已於寧榮街後二里遠近小花枝巷內買定一所房子共二十餘間又買了兩個小丫鬟只是府裡家人不敢擅動外頭買人又怕不知心腹走漏了風聲忽然想起家人鮑二來當初因和他女人偷倆被鳳姐兒打鬧了一陣含羞吊死了賈璉給了一百銀子叫他另娶一個那鮑二向來却就合廚子多渾虫的媳婦多姑娘有一手兒後來多渾虫酒癆死了這多姑娘兒見鮑二手裡從容了便嫁了鮑二況且這多姑娘兒原也和賈璉好的此時都搬出外頭住着賈璉一時想起來便叫了他兩口兒到新房子裡來預備二姐兒過來時伏侍那鮑二兩口子聽見這個巧宗兒如何不來呢再說張華之祖原當

皇糧庄頭後來死去至張華父親時仍充此役因與尤老娘前夫相好所以將張華與尤二姐指腹爲婚後來不料遭了官司敗落了家產弄得衣食不週那裡還娶的起媳婦呢尤老娘又自那家嫁了出來兩家有十數年音信不通今被賈府家人喚至逼他與二姐兒退婚心中雖不願意無奈懼怕賈珍等勢焰不敢不依只得寫了一張退婚文約尤老娘給了二十兩銀子兩家退親不提這裡賈璉等見諸事已妥遂擇了初三黃道吉日以便迎娶二姐兒過門下回分解

紅樓夢第六十四回終

賈二舍偷娶尤二姨　尤三姐思嫁柳二郎

話說賈璉賈珍賈蓉等三人商議事事妥貼至初二日先將尤老娘和三姐兒送入新房尤老娘看了一看雖不似賈蓉口內之言倒也十分齊備母女二人已算稱了心愿鮑二兩口子見了如一盆火兒赶着尤老娘一口一聲叫老娘又或是老太太趕著三姐兒叫三姨兒或是姨娘至次日五更天一乘素轎將二姐兒抬來各色香燭紙馬並鋪蓋以及酒飯早已預備得十分妥當一時賈璉素服坐了小轎來了拜過了天地焚了紙馬那尤老娘見了二姐兒身上頭上煥然一新不似在家模樣十

分得意攙入洞房是夜賈璉和他顛鸞倒鳳百般恩愛不消細說那賈璉越看越愛越瞧越喜不知要怎麽奉承這二姐兒纔過得去乃命鮑二等人不許提三說二直以奶奶稱之自己也稱奶奶竟將鳳姐一筆勾倒有時回家只說在東府有事鳳姐因知他和賈珍好有事相商也不疑心家下人雖多都也不管這些事便有那游手好閒專打聽小事的人也都去奉承賈璉乘機討些便宜誰肯去露風於是賈璉深感賈珍不盡賈璉一月出十五兩銀子做天天的供給若不來時他母女三人一處吃飯若賈璉來他夫妻二人一處吃他母女就回房自吃賈璉又將自己積年所有的體己一併搬來給二姐兒收著又將鳳

姐兒素日是爲人行事枕邊衾裡盡情告訴了他只等一死便接他進去二姐兒聽了自然是願意的了當下十來個人倒也過起日子來十分豐足眼見已是兩月光景這日賈珍在鐵檻寺做完佛事晚間回家時與他姊妹久別竟要去探望探望先命小廝去打聽賈璉在與不在小廝回來說不在那裡賈珍喜歡將家人一槩先遣回去只留兩個心腹小童牽馬一時到了新房子裡已是掌燈時候悄悄進去兩個小厮將馬拴在圈內自往下房去聽候賈珍進來屋裡纔點燈先看過尤氏母女然後二姐兒出來相見賈珍見了二姐兒滿臉的笑容一面吃茶一面笑說我做的保山如何要錯過了打着燈籠還沒處尋過

日你姐姐還備禮來瞧你們呢說話之間二姐兒已命人預備下酒饌關起門來都是一家人原無避諱鮑二來請安賈珍便說你還是個有良心的所以二爺叫你來伏侍日後自有大用你之處不可在外頭吃酒生事我自然賞你倘或這裡短了什麼你二爺事多那裡人雜你只管去回我我們弟兄不比別人鮑二答應道小的知道若小的不盡心除非不要這腦袋了賈珍笑着點頭道要你知道就好當下四人一處吃酒二姐兒此時恐怕賈璉一時走來彼此不雅吃了兩鍾酒便推故往那邊去了賈珍此時也無可奈何只得看着二姐兒自去剩下尤老娘和三姐兒相陪那三姐兒雖向來也和賈珍偶有戲言但

不似他姐姐那樣隨和兒所以賈珍雖有垂涎之意却也不肯造次了致討沒趣況且尤老娘在傍邊陪著賈珍也不好意思太露輕薄却說跟的兩個小厮都在厨下和鮑二飲酒那鮑二的女人多姑娘兒上竈忽見兩個丫頭也走了來嘲笑要吃酒鮑二因說姐兒們不在上頭伏侍也偷着來了一時叫起來沒人又是事他女人駡道糊塗渾嗆了的忘八你撞喪那黃湯罷撞喪醉了夾着你的脧袋挺你的尸去叫不叫與你什麼相干一應有我承當呢風啊雨的横豎淋不到你頭上來這鮑二原因妻子之力在賈璉前十分有臉今日他女人越發和二姐兒跟前殷勤服侍他便自己除賺錢吃酒之外一槩不管一聽他女人吩咐自依百隨當下又吃了些便去睡覺這裡他女人隨

着這些丫鬟小厮吃酒又和那小厮們打牙撂嘴兒的頑笑討他們的喜歡準備在賈珍前討好兒正在吃的高興忽聽見扣門的聲兒鮑二的女人忙出來開門看時見是賈璉下馬問有事無事鮑二女人便悄悄的告訴他說大爺在這裡西院裡呢賈璉聽了便至卧房見尤二姐和兩個小丫頭在房中呢見他來了臉上却有些赸赸的賈璉反推不知只命快拿酒來咱們吃兩杯好睡覺我今日乏了二姐兒忙忙陪笑接衣捧茶問長問短賈璉喜的心癢難受一時鮑二的女人端上酒來二人對飲兩個小丫頭在地下伏侍賈璉的心腹小童隆兒拴馬去瞧

見有了一匹馬細睄一睄知是賈珍的心下會意也來廚下只見喜兒壽兒兩個正在那裡坐着吃酒見他來了也都會意笑道你這會子來的巧我們因趕不上爺的馬恐怕犯夜往這裡來借個地方兒睡一夜隆兒便笑道我是二爺使我送月銀的交給了奶奶我也不囘去了鮑二的女人便道偺們這裡有的是炕爲什麽大家不睡呢喜兒便說我們吃多了你來吃一鍾隆兒纔坐下端起酒來忽聽馬棚內鬧將起來原來二馬同槽不能相容互蹄蹶起來隆兒等慌的忙放下酒盃出來喝住另拴好了進來鮑二的女人笑說好兒子們就睡罷我可去了三個攔着不肯叫走又親嘴摸乳口裡亂嘈了一囘纔放他出去

這裡喜兒喝了幾盃已是楞子眼了隆兒壽兒關了門囘頭見喜兒直挺挺的躺在炕上二人便推他說好兄弟起來好生睡只顧你一個人舒服我們就苦了那喜兒便說道偺們今兒可要公公道道貼一爐子燒餅了隆兒壽兒見他醉了也不理他吹了燈將就卧下二姐聽見馬鬧心下着實不安只曾用言語混亂賈璉那賈璉吃了幾盃春興發作便命收了酒菓掩門寬衣二姐只穿着大紅小襖散挽烏雲滿臉春色比白日更增了俏麗賈璉摟着他笑道人人都說我們那夜叉婆俊如今我看來給你拾鞋也不要二姐兒道我雖標緻却沒品行看來倒是不標緻的好賈璉忙說怎麽說這個話我不懂二姐滴淚說道

你們拿我作糊塗人待什麼事我不知道我如今和你作了兩個月的夫妻日子雖淺我也知你不是糊塗人我生是你的人死是你的鬼如今既做了夫妻終身我靠你豈敢瞞藏一個字我算是有倚有靠了將來我妹子怎麽是個結果據我看來這個形景兒也不是常策要想長久的法兒纔好賈璉聽了笑道你放心我不是那拈酸吃醋的人你前頭的事我也知道你倒不用含糊着如今你跟了我來大哥跟前自然倒要拘起形跡來了依我的主意不如叫三姨兒也合大哥成了好事彼此兩無碍索性大家吃個雜會湯你想怎麽樣二姐一面拭淚一面說道雖然你有這個好意頭一件三妹妹脾氣不好第二件也

怕大爺臉上下不來賈璉道這個無妨我這會子就過去索性破了例就完了說着乘着酒興便往西院中來只見窗內燈燭輝煌賈璉便推門進去說大爺在這裡呢兄弟來請安賈珍聽是賈璉的聲音唬了一跳見賈璉進來不覺羞慚滿面尤老娘也覺不好意思賈璉笑道這有什麽呢偺們弟兄從前是怎麽樣來大哥爲我操心我粉身碎骨感激不盡大哥要多心我倒不安了從此還求大哥照常纔好不然兄弟寧可絕後再不敢到此處來了說著便要跪下慌的賈珍連忙攙起來只說兄弟怎麽說我無不領命賈璉忙命人看酒來我和大哥吃兩盃因又笑嘻嘻向三姐兒道三妹妹爲什麽不合大哥吃個雙鍾兒

我也敬一盃給大哥合三妹妹道喜三姐兒聽了這話就跳起來站在炕上指着賈璉冷笑道你不用和我花馬掉嘴的偺們清水下雜麪你吃我看提着影戲人子上場兒好歹别戳破這層紙兒你别糊塗油蒙了心打諒我們不知道你府上的事呢這會子花了幾個臭錢你們哥兒兩個拿着我們姊妹兩個權當粉頭來取樂兒你們就打錯了算盤了我也知道你那老婆太難纏如今把我姐姐拐了來做了二房偷來的鑼鼓兒打不得我也要會會這鳳奶奶去看他是幾個腦袋幾隻手若大家好取和兒便罷倘若有一點叫人過不去我有本事先把你兩個的牛黃狗寶掏出來再和那潑婦拚了這條命喝酒怕什麼偺

們就喝說着自己拿起壺來斟了一盃自己先喝了半盞摟過賈璉來就灌說我倒没有和你哥哥喝過今兒倒要和你喝一喝偺們也親近親近嚇的賈璉酒都醒了賈珍也不承望三姐兒這等拉的下臉來兄弟兩個本是風流場中耍慣的不想今日反被這個女孩兒一席話說的不能搭言三姐看了這樣越發一叠聲又叫將姐姐請來要樂偺們四個人一處樂俗語說的便宜不過當家你們是哥哥兄弟我們是姐姐妹妹又不是外人只管上來尤老娘方不好意思起來賈珍得便就要溜三姐兒那裡肯放賈珍此時反後悔不承望他是這種人與賈璉反不好輕薄了只見這三姐索性卸了粧飾脫了大衣服鬆

鬆的挽個䯼兒身上穿著大紅小袄半掩半開的故意露出葱綠抹胸一痕雪脯底下綠褲紅鞋鮮艷奪目忽起忽坐忽喜忽嗔沒半刻斯文兩個墜子就和打鞦韆一般燈光之下越顯得柳眉籠翠檀口含丹本是一雙秋水眼再吃了幾杯酒越發橫波入鬢轉盼流光真把那賈珍二人弄的欲近不敢欲遠不捨迷離恍惚落魄垂涎再加方纔一席話直將二人禁住弟兄兩個竟全然無一點兒能爲別說調情鬭口齒竟連一句響亮話都沒了三姐自已高談濶論任意揮霍村俗流言洒落一陣由着他弟兄二人嘲笑取樂一時他的酒足興盡更不容他弟兄多坐竟攆出去了自已關門睡去了自此後或略有丫鬟婆子不到之處便將賈珍賈璉賈蓉三個厮言痛罵說他爺兒三個誆騙他寡婦孤女賈珍回去之後也不敢輕易再來那三姐兒有時高興又命小厮來找及至到了這裡也只好隨他的便乾瞅著罷了看官聽說這尤三姐天生脾氣和人異樣詭僻只因他的模樣兒風流標緻他又偏愛打扮的出色另式另樣做出許多萬人不及的風情體態來那些男子們別說賈珍賈璉這樣風流公子便是一班老到人鐵石心腸看見了這般光景也要動心的及至到他跟前他那一種輕狂豪爽目中無人的光景早又把人的一團高興逼住不敢動手動脚所以賈珍向來和二姐兒無所不至漸漸的俗了卻一心注定在三姐

兒身上便把二姐兒樂得讓給賈璉自已却和三姐兒捏合偏那三姐一般令他頑笑別有一種令人不敢招惹的光景他母親和二姐兒也曾十分相勸他反說姐姐糊塗偺們金玉一般的人白叫這兩個現世寶沾汚了去也算無能而且他家現放着個極利害的女人如今瞞著自然是好的倘或一日他知道了豈肯干休勢必有一場大鬧你二人不知誰生誰死這如何便當作安身樂業的去處他母女聽他這話料著難勸也只得罷了那三姐兒天天挑揀穿吃打了銀的又要金的有了珠子又要寶石吃着肥鵝又宰肥鴨或不趁心連桌一推衣裳不如意不論綾緞新整便用剪子鉸碎撕一條罵一句究竟賈珍等何曾隨意了一日反花了許多昧心錢賈璉來了只在二姐屋裡心中也漸漸的悔上來了無奈二姐兒倒是個多情的人以爲賈璉是終身之主了凡事倒還知疼着熱要論溫柔和順却較着鳳姐還有些體度就論起那標緻來及言談行事也不減於鳳姐但已經失了脚有了一個淫字憑他什麽好處也不算了偏這賈璉又說誰人無錯知過必改就好故不提已往之淫只取現今之善便如膠似漆一心一計誓同生死那裡還有鳳平二人在意了二姐在枕邊衾內也常勸賈璉說你和珍大爺商議商議揀個相熟的把三丫頭聘了罷留着他不是常法兒終久要生事的賈璉道前日我也曾回大哥的他只是捨不的

我還說就是塊肥羊肉無奈燙的慌玫瑰花兒可愛刺多扎手偺們未必降的住正經揀個人聘了罷他只意意思思的就撂過手了你叫我有什麽法兒二姐兒道你放心偺們明兒先勸三丫頭問准了讓他自己鬧去鬧的無法少不得聘他賈璉聽了說這話極是至次日二姐兒另備了酒賈璉也不出門至午間特請他妹妹過來和他母親上坐三姐兒便知其意剛斟上酒也不用他姐姐開口便先滴淚說道姐姐今兒請我自然有一番大道理要說但只我也不是糊塗人也不用絮絮叨叨的從前的事我已盡知了說也無益既如今姐姐也得了好處安身媽媽也有了安身之處我也要自尋歸結去纔是正禮但終

身大事一生至一死非同兒戲向來人家看着偺們娘兒們微息不知都安着什麽心我所以破着沒臉人家纔不敢欺負這如今要辦正事不是我女孩兒家沒羞耻必得我揀個素日可心如意的人纔跟他要憑你們揀擇雖是有錢有勢的我心裡進不去白過了這一世了賈璉笑道這也容易憑你說是誰就是誰一應彩禮都有我們置辦母親也不用操心三姐兒道姐姐橫豎知道不用我說賈璉笑問二姐兒是誰二姐兒一時想不起來賈璉料定必是此人無疑了便拍手笑道我知道這人了果然好眼力二姐兒笑道是誰賈璉笑道別人他如何進得去一定是寶玉二姐兒與尤老娘聽了也以爲必然是寶玉了

三姐兒便啐了一口說我們有姐妹十個也嫁你弟兄十個不成難道除了你家天下就沒有好男人了不成眾人聽了都咤異除了他還有那一個三姐兒道別只在眼前想姐姐只在五年前想就是了正說着忽見賈璉的心腹小廝興兒走來請賈璉說老爺那邊緊等着叫爺呢小的答應往舅老爺那邊去了小的連忙來請賈璉又忙問昨日家裏問我來着麼興兒說小的回奶奶爺在家廟裏和珍大爺商議做百日的事只怕不能來賈璉忙命拉馬隆兒跟隨去了留下興兒答應人尤二姐便要了兩碟菜來命拿大杯斟了酒就命興兒在炕沿下站著喝一長一短向他說話兒問道家裏奶奶多大年紀怎麼個利害

的樣子老太太多大年紀姑娘幾個各樣家常等話興兒笑嘻嘻的在炕沿下一頭喝一頭將榮府之事備細告訴他母女又說我是二門上該班的人我們共是兩班一班四個共是八個人有幾個是奶奶的心腹有幾個是爺的心腹奶奶的心腹我們不敢惹爺的心腹奶奶敢惹提起來我們奶奶的事告訴不得奶奶他心裏歹毒口裏尖快我們二爺也算是個好的那裏見的他倒是跟前有個平姑娘為人狠好雖然和奶奶一氣他倒背着奶奶常作些好事我們有了不是奶奶是容不過的只求求他去就完了如今合家大小除了老太太太太兩個沒有不恨他的只不過面子情兒怕他皆因他一時看得人都不及

他只一味哄著老太太太太兩個人喜歡他說一是一說二是二沒人敢攔他又恨不的把銀子錢省下來了堆成山好叫老太太太太說他會過日子殊不知苦了下人他討好兒或有好事他就不等別人去說他先抓尖兒或有不好的事或他自巳錯了他就一縮頭推到別人身上去他還在傍邊撥火兒如今連他正經婆婆都嫌他說他雀兒揀著旺處飛黑母雞一窩兒自家的事不管倒替人家去瞎張羅要不是老太太在頭裡早叫過他去了尤二姐笑道你背着他這麽說他將來背着我還不知怎麽說我呢我又差他一層兒了越發有的說了興兒忙跪下說道奶奶要這麽說小的不怕雷劈嗎但凡小的要有造化起先娶奶奶時要得了這樣的人小的們也少挨些打罵也少提心吊膽的如今跟爺的幾個人誰不是背前背後稱揚奶奶盛德憐下我們商量着叫二爺要出來情愿來伺候奶奶呢尤二姐笑道你這小猾賊兒還不起來說句頑話兒就嚇的這個樣兒你們做什麽往這裡來我還要找了你奶奶去呢興兒連忙搖手說奶奶千萬別去我告訴奶奶一輩子不見他纔好呢嘴甜心苦兩面三刀上頭笑著脚底下就使絆子明是一盆火暗是一把刀他都占全了只怕三姨兒這張嘴還說不過他呢奶奶這麽斯文良善人那裡是他的對手二姐笑道我只以理待他他敢怎麽着我興兒道不是小的喝了酒放肆胡說奶

奶就是讓著他他看見奶奶比他標緻又比他得人心兒他就肯善罷干休了人家是醋礶子他是醋缸醋甕凡丫頭們跟前二爺多看一眼他有本事當着爺打個爛羊頭是的雖然平姑娘在屋裡大約一年裡頭兩個有一次在一處他還要嘴裡掂十來個過兒呢氣的平姑娘性子上來哭鬧一陣說又不是我自巳尋來的你逼着我我不愿意又說我反了這會子又這麼着他一般也罷了倒央及平姑娘二姐笑道可是撒謊這麼一個夜叉怎麼反怕屋裡的人呢興兒道就是俗語說的三人抬不過個理字去了這平姑娘原是他自幼兒的丫頭陪過來一共四個死的死嫁的嫁只剩下這個心愛的收在房裡一則顯

他賢良二則又拴爺的心那平姑娘又是個正經人從不會調三窩四的倒一味忠心赤膽伏侍他所以纔容下了二姐笑道原来如此但只我聽見你們還有一位寡婦奶奶和幾位姑娘他這麼利害這些人肯依他嗎興兒拍手笑道原來奶奶不知道我們家這位寡婦奶奶第一個善德人從不管事只教姑娘們看書寫字針線道理這是他的事情前兒因為他病了這大奶奶暫管了幾天事總是按着老例兒行不像他那麼多事逞才的我們大姑娘不用說是好的了二姑娘混名兒叫二木頭三姑娘的混名兒叫玫瑰花兒又紅又香無人不愛只是有刺扎手可惜不是太太養的老鴰窩裡出鳳凰四姑娘小正經是

珍大爺的親妹子太太抱過來的養了這麽大也是一位不管事的奶奶不知道我們家的姑娘們不算外還有兩位姑娘真是天下少有一位是我們姑太太的女兒姓林一位是姨太太的女兒姓薛這兩位姑娘都是美人一般的呢又都知書識字的或出門上車或在園子裡遇見我們連氣兒也不敢出尤二姐笑道你們家規矩大小孩子進的去遇見姑娘們原該遠遠的藏躲著敢出什麽氣兒呢興兒搖手道不是那麽不敢出氣兒是怕這氣兒大了吹倒了林姑娘氣兒煖了又吹化了薛姑娘說得滿屋裡都笑了要知尤三姐要嫁何人下回分解

紅樓夢第六十五回終